Max Höfler · ALLES ÜBER ALLES

Max Höfler

ALLES ÜBER ALLES

oder warum

RITTER LITERATUR

ISBN 978-3-85415-664-2

Lektorat: Paul Pechmann
Grafik: Mark Duran
Herstellung: Ritter, Klagenfurt

Zum Geleit

Jugendlicher (14, mittig rechts) überrascht von der Schönheit des freien Westens

I
Erdkunde

Ist es vielleicht nicht vielmehr so, dass unser **Erdball** nur deshalb rund ist, damit all unsere Schiffe, unsere Schaluppen, all unsere feinen Flugzeugträger nicht einfach am Horizont ins All fallen, uns einfach – schwuppdiwupp – aus dem Sichtfeld plumpsen, auf Nimmerwiedersehen samt braver Mannschaft und höchsterlesener Ladung ins Nichts abdampfen, also all unser guter Kubarum, unser schönes Chinaplastik, all unsere handwerklich so sorgfältig gestrickten Bomber derart sinnlos verloren gingen, dass wir Erdlinge schon kurz danach all den verlorenen Dingen dermaßen nachtrauern würden, dass wir nicht einmal mehr den geringsten Gusto auf irgendetwas hätten, wir also auf den gesamten guten Handel, auf all die so sehr superschönen Kriege schissen, nicht einmal mehr richtig geil auf gepflegten Gammasuff wären, wir als gesamtes Menschengeschlecht zu guter Letzt sogar auch noch auf die Fortpflanzung pfiffen, Zumpferl wie Vulva also endgültig an den Nagel hängten und so die Fischbimmelpolka auf ewig verstummen würde?

SOS-Signal
im Härtetest!

Du wirst nicht glauben, was der Dampfer Slavonia gemacht hat!

Alle harten Fakten auf S. 57. (SOS-Signal)

Ist es vielleicht nicht vielmehr so, dass man den Zustand unserer **Atmosphäre** nur deshalb Wetter nennt, weil unser dafür zuständiges Department in der deutschen Wortverteilungskommission einfach einmal hart durchgreifen, ordentlich Achterbahn geben, also einmal mit richtig harter Hand ein drakonisches Exempel dagegen

Der größte Fail des Altertums:

Doch kein Qualitätsfusel in den Aquädukten!

Alle liquiden Hardfacts auf S. 22. (Aquädukt)

statuieren wollte, dass jeder dahergelaufene Sprecher so einfach glaube, er könne irgendwelche eigene Wortkreationen, irgendwelche eigene Sprachbilder, gar selbsterfundene Grammatiken einfach so ohne entsprechende Qualitätsprüfungen durch oberste Stellen in Umlauf bringen, also irgendwelchen Namensgebungskokolores eigenhändig vornehmen, völlig unsachgemäßen Namensgebungskokolores also, dem unsere dafür zuständige Wortverteilungskommission nun endlich für alle Zukunft einen Riegel vorschieben wollte und so zur Strafe einfach einmal ein abgrundtief hässliches, unerträglich ungustiöses, ein durch und durch widerwärtiges – kurz: – ein Schasquastel von einem Wort genau dem verpasste, worüber die Sprecher am allerliebsten sprechen?

Ist es vielleicht nicht vielmehr so, dass unsere totale **Sonnenfinsternis** nur deshalb etwa sechs Minuten dauert, weil der ganze schöne Spektakulär-effekt hopsginge, das ganze gute Gruselpotential, diese klasse Schockmöglichkeit einfach so verspielt würde, wenn das ganze Sonnentamtam länger als nur sechs Minuten dauerte, jeder halbwegs durchschnittliche Allerweltnormalo ohnehin nach spätestens fünf Minuten völlig gelangweilt auf die Handyuhr zu schauen beginnt, nach dem ersten Oh und Ah und Sonnefotomachen sich an diesen gesamten Finsternisfirlefanz sowieso schon derart gewöhnt hat, dass sich unser Max Mustermann sich nicht einmal mehr aufregen würde, wenn die Sonne nie wieder zu scheinen begänne, gar eine tausendjährige Totaldunkelheit hereinbräche, selbst jegliche Erinnerung an Licht verloren ginge?

Ist es vielleicht nicht vielmehr so, dass sich nur deshalb elf Prozent der Masse eines **Eisberges** als Spitze aus unseren Gewässern erheben, damit alles wie gewohnt weitergehen, jeder von uns mit wirklich besten Wissen und Gewissen behaupten kann, dass das Ganze ja ganz normal sei, das bisschen Wettrüsten, dass bisschen Wal- und Waldsterben, das bisschen Ozonloch samt Klimaklimbim sowieso völlig ottonormale Vorgänge wären, sich alle sowieso schon seit jeher mit irgendwelchen Wunderwaffen zu übertrumpfen suchten, sowieso schon seit immer irgendwelche überfälligen Arten einfach ganz natürlich wegstürben, anpassungsunfähiges Getier sich ohnehin freiwillig den Holzpyjama anzöge und in die ewigen Jagdgründe abdampfte, das gesamte Temperaturtrara ja sowieso immer so ein Auf und Ab wäre, all die Löcher sich sowieso irgendwie wieder halbwegs geschlossen hätten, ja die alle da unten sich all die großen Chancen ohnehin permanent selbst verbauen würden, während unsere Reichen eben schon auch viele Arbeitsplätze, höchste Leistung brächten, haufenweise Verantwortung trügen, sodass also dieses ganze Getue letztlich gänzlich vergeudete Hysterie wäre?

Eiskalter Vogelwahnsinn!

Du würdest niemals glauben, welche Rolle Pinguine im kalten Krieg spielen.

Alle Infos auf S. 24. (Antarktis)

Ist es vielleicht nicht vielmehr so, dass ein ganzer Tag an unserem **Nordpol** nur deshalb ein halbes Jahr dauert, damit die geeichten Profitrinker unter unseren Polarforschern sich und ihre geschundenen Organe entsprechend lange auf die bevorstehende Polarnacht vorbereiten, sich für die

In nur 10 Tagen für immer nüchtern!

Keine lästige Therapie! Kein lästiger Entzug!

Keine kostspieligen Sitzungen!

Anmeldung jetzt unter oder.warum@gmx.at

schon so hart erwartete, sechsmonatige After-Work-Party rüsten, damit sich also all diese Spritnasen ebenso wie ihre Angehörigen mental darauf einstellen können, dass sie mit ihrem Kollegen nur einmal kurz für einen Abend auf ein, zwei Turbobierchen, eine Handvoll Kleiner Klopfer, eben nur schnell mal auf einen Pfiff Krawallbrause gingen, sowieso schon allerspätestens um Mitternacht zu Hause seien, diesmal sicher nicht etwa noch in irgendeiner üblen Frühbar landen und sich dort zum fröhlichen Abendabschluss derart einen Tunnel ins Gesicht zimmern lassen würden, dass sie ihre Zähne samt Einsamkeit schließlich wieder in einem Plastiksackerl nach Hause tragen müssten?

Polarnacht: seelische Herausforderung für unsere Polarforscher

Ist es vielleicht nicht vielmehr so, dass man in unserem **Roten Meer** nur deshalb das salzhaltigste Wasser aller Meere findet, weil der britische Generalkonsul in Ägypten Earl Baring von Cromer die britische Queen Victoria bei ihrem Ägyptenbesuch 1893 unbedingt beeindrucken, vor ihr einmal ordentlich den Dicken raushängen lassen, vor ihr also einmal damit richtig kräftig auftrumpfen wollte, wie klasse er denn das ganze Land hier unter Kontrolle, wie er denn diesen schleißigen Wüstenstreifen in ein Paradies verwandelt, wie er denn eigenhändig diesen kulturlosen Barbaren doch einmal ein bisschen anständige Sitten, ordentliches Benehmen also feinstes Niveau beigebracht habe, sodass Earl Baring von Cromer anordnete, das gesamte ägyptische Salzvorkommen im Roten Meer zu versenken, damit er der Queen ein für alle Mal beweisen könne, dass selbst die ägyptischen Fische ihm so ergeben seien, dass sie sogar völlig freiwillig als speisefertiger Salzfisch auf seinen Teller sprängen?

Der Debreziner Life-Hack!

So gesund ist die beliebte Warmwurst wirklich!

Alle hoten Facts auf S.22. (Kentucky)

Ist es vielleicht nicht vielmehr so, dass unser **Colorado River** nur deshalb durch die größte Schlucht der Welt namens Grand Canyon fließt, weil er einfach schon immer keine Wahl hatte, sein ganzes Leben schon damals als kleiner Bach, schon als Rinnsal durch seine schlechte Herkunft vorgezeichnet war, er nicht etwa wie andere Flüsse einfach auf

Die Tricks unserer Superstars:

Mit diesem Mindset Shift machst du in Zukunft mindestens 10.000 € im Monat!

Alle Tricks auf S.115. (Novalis)

ein fettes Erbe, auf ordentliche Schulbildung, also üppige Unterstützung setzen konnte, von seinen Eltern nicht etwa mit aufmunternden Worten, sondern lediglich mit veritablen Faustwatschen, mit täglicher Dresche auf sein Leben vorbereitet wurde, sodass unser Colorado River nicht etwa wie der feine Herr Mississippi sein ganzes Leben lang eine ruhige Kugel schieben, sich einfach so locker fett durch die Landschaft gleiten lassen, gemütlich seiner Mündung zutümpeln kann, sondern jeden noch so geschissenen Ein-Euro-Gräber-Job annehmen muss, für den er sich beim lieben Arbeitsamt auch noch extrem dankbar zu zeigen hat?

Völlig versaut!

So experimentiert unser Jacques Cousteau mit seinem Körper!

Alle versauten Fakten auf S. 149. (Jacques Cousteau)

Ist es vielleicht nicht vielmehr so, dass unsere südamerikanischen Staaten **Paraguay** und **Bolivien** nur deshalb keinen Zugang zum Meer haben, weil unser Meer zwar über Millionen von Jahren probierte, mit Hilfe von riesigen Springfluten, irgendwelchen Monsterwellen, mit hartnäckigem Nagen an den Nachbarländern unserer ganzen paraguayischen und bolivianischen Bewohnerschaft endlich ein bisschen Strandfreude zu bescheren, aber all die harte Arbeit, die gesamte Hacken, also all das Schöpfen rein gar nichts brachte und so unser liebes Meer dann schlussendlich einfach aufgab, einfach den ganzen Krempel hinwarf, letztlich die Segel strich und sich zusammen mit irgendeinem ebenso verbitterten Albatros irgendwo am Strand von Acapulco ein kleines Strandhäuschen mietete, in dem es bis zum heutigen Tage wohnt und nur noch selten an Paraguay und Bolivien denken muss?

Ist es vielleicht nicht vielmehr so, dass von den 9.000.000 Quadratkilometern, die unsere **Sahara** zum größten geschlossenen Wüstenraum machen, nur deshalb lediglich 15 Prozent mit Sanddünen bedeckt sind, damit wir uns bei entsprechenden Wüstenausflügen wieder mächtig darüber aufregen können, dass all die Gesteinsbrocken hier überhaupt keine Wüste seien, das gesamte Steingeröll hier vielleicht gerade mal als Reservepampa, als Ödland, eventuell als Arsch der Welt, aber sicher nicht als Wüste durchgehe, damit wir uns also mächtig darüber aufregen können, dass wir selbst am vollbelegten Sardinenstrand von Lignano mehr Sand, mehr leeres Elend, mit Sicherheit weitaus mehr Nichts gesehen hätten, als hier in dieser so genannten Wüste, ja dort drüben sogar so etwas wie ein Gebüsch, so etwas wie ein Gehölz, ja geradezu ein veritables Strauchwerk stehe, wir also sofort auf der Stelle unser Geld zurück haben, momentan und stante pede unsere hart verdienten Moneten wiedersehen, unverzüglich unsere geliebte Pinkepinke bar auf die Kralle haben wollen, wir also, selbst wenn wir einen Geldscheißer hätten, diese Abzocke hier mit Sicherheit nicht unterstützten?

So geht's richtig!

5 wichtige Fakten, wie du Feuer richtig verwendest!

Alle Tipps auf S. 140. (Gebrauch des Feuers)

Zu viel freier Platz?

Die neusten Dekotricks unserer Promis für den Herbst und Winter

Gratis PDF unter oder.warum@gmx.at

Sahara: lediglich 15 Prozent von Sanddünen bedeckt

Rätsel der Neuzeit!

Du wirst es niemals glauben, warum die Golden Gate Bridge erbaut wurde!

Alle real Facts auf S. 23. (San Francisco)

Ist es vielleicht nicht vielmehr so, dass unsere **Golden Gate Bridge** nur deshalb die Farbe Rot hat, weil beim Bau der Brücke tausende Wanderarbeiter durch die so stark wehenden Winde von den Baugerüsten direkt in irgendwelche spitzen Eisenstangen stürzten, durch den permanenten Nebel die Sicht der armen Hackler derart eingeschränkt war, dass hunderte Hacklergesichter durch verirrte Hammerschläge, durch missglückte Nagelversuche, von freischwingenden Stahlstangen schrecklich geschrottet wurden, durch all die kleinen Erdbeben sogar etliche Arbeiterkörper von tonnenschweren, herunterfallenden Stahlträgern nicht nur zerquetscht wurden, sondern unter dem enormen Gewicht einfach so wie eine Tetrapackpackung in einem riesigen Blutschwall aufplatzten, sodass die feinen Chefitäten der Baufirma zur Vertuschung all dieser äußerst ungünstigen Zwischenfälle, einfach die paar restlichen Stellen der Brücke, die noch nicht mit all dem Blut der Werktätigen bespritzt war, unauffällig mit rotem Lack lackieren ließen?

ACT NOW! Roter Katzenpanda kurz vor dem weltweiten Totalaus!

Hier spenden: oder.warum@gmx.at

Ist es vielleicht nicht vielmehr so, dass sich unsere Erde nur deshalb am **Äquator** am schnellsten dreht, weil rund um den Äquator all die flotten Springböcke, die Streifengnus, all die zackigen Schwarznasenimpalas leben, die täglich derart auf voll Stoff durch die Savannen bröseln, dass die Erde durch die enormen Beschleunigungskräfte unter ihren Bleifußhufen sich einfach schneller zu drehen gezwungen wird, wohingegen in nördlicheren und südlicheren Gefilden lediglich die lahmarschigen Eichhörnchen, tranige Dachse, all die faulen Waschbären nur halbherzig irgend so ein Schleichtempo aufs Parkett legen, derart im Zeitlupentempo dahineiern, dass wir ihnen im Gehen die Schuhe besohlen könnten, also derartige geschwindigkeitstechnische Schnarchnasen sind, dass wir all den behäbigen Koalabären, den Wombats, all den laschen Gürteltieren leider einen Propeller in ihre süßen Tierärsche stecken müssten, damit sie überhaupt noch eine Chance hätten, durch das Schnecken-TÜV zu kommen?

Fashion aus dem Automaten: Paris macht es vor!

Alle ungeschönten Tatsachen auf S. 62. (Jeans aus Automaten)

Ist es vielleicht nicht vielmehr so, dass unser Norweger **Roald Amundsen** im Dezember 1911 nur deshalb als erster Mensch unseren Südpol erreichte, weil sein britischer Widersacher **Robert Falcon Scott** ein derart bekennender Fashionfanatiker war, dass er zu seiner Südpolexpedition partout nicht nur mit leichten Leinenanzügen, ein paar luftigen Strickjäckchen, mit noblem Panamastrohhut, sondern sogar auch noch mit seinen feinen Leinenmokassins aufbrechen wollte und erst nach schärfsten, monatelangen Protesten sowie unter kräftiger Mitwirkung der gesamten, königlichen Familie und durch höchstes, wochenlanges Drängen unserer Queen Mum letztlich aber dennoch zu spät dazu einwilligte, dass er zwar doch noch seine geliebten Mokassins zu Hause lassen, doch noch ohne sein elegantes Herrengilet, ganz ohne seine italienischen Ledersandalen fahren werde, aber die Queen, ganz Britannien, der ganze Commonwealth schon noch sehen würde, wie würdelos das Ganze dann ausschaue, wenn er dann mit irgendwelchen degoutanten Moonboots, mit diesem sauhässlichen Anorak samt noch grässlicherem Stirnband dann am Südpol stehen werde?

Weltmeister der Nächstenliebe:

So selbstlos hilft unser freier Westen der ganzen Welt!

Alle Fakten auf S. 53. (Teddybärmuseum)

Ist es vielleicht nicht vielmehr so, dass unser Frankreich unserer USA nur deswegen unsere **Freiheitsstatue** schenkte, damit all die armen Viecherl, all die armen Wale und Delfine, die weder schnelles Internet, noch Kabelfernsehen haben, all die armen Seehunde, die nicht einmal

Schnurlostelefone besitzen, bedauernswürdige Möwen, ohne Zugang zu irgendwelchen hochwertigen Sozialportalen, ganz ohne StudiVz, ohne myspace, ohne ICQ auskommen müssen, damit also all diese armen Viecherl nicht dazu gezwungen sind, sich tagaus tagein lediglich diesen langweiligen New Yorker Schiffsverkehr, all das Ein- und Auslaufen der Frachter, der schweren Eisenschiffe, all der Kanonenboote mitansehen zu müssen, sondern sich nun täglich derart in das Verfärben des Kupfers vertiefen können, dass sie ihrem baldigen Tod durch die Turbinen der Flugzeuge, ihrem durch Schiffsschrauben Geschreddertwerden, ihren finalen Harpunenstößen gelassen entgegensehen können?

Modewahnsinn!

Darum trug unsere Queen jahrelang ein Schaf am Kopf!

Alle Fakten und Hintergründe auf S. 27. (Queen Elisabeth II)

Ist es vielleicht nicht vielmehr so, dass unser **Neuseeland** nur deshalb mehr als 18-mal soviel Schafe als Einwohner hat, weil der neuseeländische Staat auf einem höchstgeheimen Inselarchipel haufenweise Kampfschafe, gemeine Militärlämmer ausbildet, aus geselligen, kleinen Wollwuggerln also völlig rücksichtslose Killermaschinen formt, die vor nichts und niemandem zurückschrecken, sich voller Freude in den Heldentod stürzen, sich selbst schwerst verletzt noch ein paar Handgranaten, ein bisschen Dynamit, also eine vermeintlich lustige Ladung Bummbumm um ihre wolligen Schafswampen schnallen, um sich danach in den nächstbesten, feindlichen Schützengraben zu schleppen, wo sie dann noch schnell ein kleines Impulsreferat über die unauslöschliche Größe des neuseeländischen Staates halten, bevor sie sich samt Feind mit einem lässigen Spruch á la *Ich habe versprochen, dich zuletzt zu töten. Das war eine Lüge* in die Luft sprengen?

Kampftrinker der deutschen Literatur!

So trank sich unser Goethe ganz nach oben:

Alle Fact Shots jetzt auf S. 107. (Goethe)

Ist es vielleicht nicht vielmehr so, dass unsere **Aquädukte** im Altertum die Bevölkerung nur deshalb mit Trinkwasser versorgten, weil der ursprüngliche Plan, den dürstenden Edelmännern zapffrischen Wein direkt ab Hof ins Haus zu leiten, fehlschlug, kein einziger Tropfen Lambrusco, kein einziger Kübel Sangria, nicht einmal ein Achterl Veltliner je aus den Leitungen flossen, die Aquädukte schon beim Probebetrieb völlig trocken blieben, nämlich dadurch völlig trocken blieben, dass sich unzählige Suffnasen, passionierte Restelsäufer, kostenbewusste Sporttrinker über die Leitungen hermachten, zum Nulltarif haufenweise Rebensaft, literweise Seelentröster, köstlichen Flüssigspaß abzapften, wodurch die hochedlen Tschecherantenherren auf dem Trockenen sitzenblieben und wutentbrannt, in vollster Rage sich an all den armen Rauschplebejern dadurch rächten, dass ab diesem Zeitpunkt bis in alle Ewigkeit hinein nur noch Wasser durch unsere Aquädukte fließen sollte?

Schnabulier-Gate!

Lebensmittel schuld an Titanic-Desaster!

Die ganze Story auf S. 59. (Titanic)

Ist es vielleicht nicht vielmehr so, dass unsere Hauptstadt von **Kentucky** nur deshalb Frankfurt heißt, weil sich unsere Debrezinerfraktion leider im großen Warmwurststreit von Kentucky 1873 trotz weitaus besserer Argumente einfach nicht durchsetzen konnte, trotz des besseren Wissens darum, dass so eine langweilige Frankfurter gegen eine erhabene Warmwurst wie die Debreziner einfach keine Chance, einfach abzustinken, eine deftige Niederlage zu kassieren, also einfach nur abzukacken habe, jeder dahergelaufene Wurstliebhaber eigentlich ja wissen müsste, dass so eine Debreziner nicht nur ein hervorragendes Wundermittel gegen Hunger ist, sondern auch, rund um die Glupscher aufgelegt, gegen unansehnliche Augenringe, unschöne Pickel und sogar gegen ausgeprägten Mundgeruch, veritablen Goschenfaul, einen ausgewachsenen Gammelrachen also hilft, selbst hochrangige Ärzte dringend dazu raten, täglich schon zum Frühstück ein bis zwei Paar Debreziner zu verspeisen, trotz all dieses Wissens also und wahrscheinlich wegen irgendeiner schweren Schiebung der Frankfurterfraktion sich unsere Debrezineranhänger im legendär gewordenen, großen Warmwurststreit von Kentucky schlussendlich leider nicht durchsetzen konnten?

Golden Gate Horror!

Du hättest niemals gedacht, welche schreckliche Wahrheit sich hinter dieser Brücke verbirgt!

Alles Wahre auf S. 18. (Golden Gate Bridge)

Ist es vielleicht nicht vielmehr so, dass es in unserer amerikanischen Stadt **San Francisco** nur deshalb die steilsten Straßen mit einer Steigung von 31,5 Prozent gibt, weil irgendwelche unserer Hollywoodbosse für all die so extrem aufregenden Autoactionfilme eine ordentliche Kulisse, akkurate Sprungschanzen, imposante Abfahrtsstrecken brauchten, die dann irgendwann in den 1920er-Jahren von zehntausenden Schaufelarbeitern mit ihren Erdbewegungswerkzeugen aufgeschüttet, riesige Hüpfhügel also aufgetürmt wurden, auf denen dann all die Verfolgungsjagden entsprechend stattfinden, all die Krawallschleudern für ihre sehr ultrageilen Sprünge derart Anlauf nehmen konnten, dass nicht nur hochspezialisierte Stuntprofis, sondern auch ungeübte Sonntagsfahrer, Laienlenker, selbst autotechnische Totalstümper mit ihren Schrottkarren dermaßen unglaubliche Sätze hinlegen konnten, dass kurz sogar die Notwendigkeit des Baus unserer Golden Gate Bridge in Frage gestellt war?

Heiliges Kanonenrohr!

So witzig können unsere Kanoneningenieure sein!

Alle humoristischen Kinkerlitzchen auf S. 152 (Amphibienfahrzeug)

Ist es vielleicht nicht vielmehr so, dass unsere **Antarktis** nur deshalb von 29 Staaten, darunter unsere USA und unsere Sowjetunion, entmilitarisiert und nuklearfrei gehalten werden, weil irgendwelche international anerkannten Wissenschaftsmenschen herausgefunden haben, dass unsere Pinguine äußerst charakterschwache Wesen seien, die schon beim geringsten Anlass völlig durchdrehen, sofort den Feitel in der Tasche aufgehen lassen, bei jeder noch so unbedeutenden Kleinigkeit umgehend rückwärts derart aus der Hose fahren, dass sie schon lange nicht mehr zu irgendwelchen Robbenpartys, irgendwelchen Eisbärenhochzeiten, geschweige denn zu Narwaltaufen eingeladen werden, dass also unsere Pinguine derart charakterschwache Wesen seien, dass es letztlich viel zu gefährlich wäre, dort irgendwelche atomaren Schusswaffen zu stationieren, die wahrscheinlich schon bei den nächsten Familienstreitigkeiten von irgendwelchen durchgeknallten Pinguinen zwecks nachhaltiger Rache entwendet werden und so schließlich zu einem ausgewachsenen Atomkrieg führen würden?

Atomwaffenstationierung in der Antarktis: Risikofaktor Pinguin

Härter als Stahl!

So hart sind unsere Radrennprofis wirklich!

Alles Harte auf S. 162. (Ausreißversuch)

Ist es vielleicht nicht viel mehr so, dass unser **Island** nur deswegen als einziger Europäischer Staat kein Eisenbahnnetz besitzt, weil es in ganz Island kein einziges Stück Eisen gibt, alle Metalle, jedes einzelne Gramm Erz auf der gesamten Insel nicht nur unerwünscht, sondern derart verboten ist, dass selbst all die lebensnotwendigen Habseligkeiten, wie Gabel, Löffel, Schere, Licht nicht etwa aus ultrarostbeständigen Stahlbarren, sondern lediglich aus Hartholz verfertigt sind, nur deswegen aus Hartholz verfertigt sind, weil unsere Isländer einfach waschechte Pazifisten sind, derartige pazifistische Hardliner sind, dass sie einfach jegliches Waffenmaterial auf das Grundsätzlichste verschmähen und sie sich lieber beim feierlichen Wal- und Salatessen einen mordstrumm Schiefer in den Unterkiefer einziehen, als irgendwie als großer Feldzugenthusiast, als zünftiger Heldenfachmann dazustehen, der für ein bisschen Lavaboden gleich höchst freiwillig in die ewigen Würste, den hochachtungsvollen Vernichtungsspaß, in die finale Heldenkiste hüpft?

Nicht okay!

Deswegen drehen unsere Sportstars völlig durch!

Alle rabiaten Details auf S. 184. (Dietrich Thurau)

Ist es vielleicht nicht vielmehr so, dass bei **Vulkanausbrüchen** aus unseren Kratern nur deshalb eine rotglühende Masse namens Lava austritt, weil all die Rauchwolken, all die austretenden Gase, die pyroklastischen Ströme in der finsteren Nacht einfach nicht fotografierbar sind, keine Belichtungszeit der Welt dafür ausreicht, diese Gas- und Schuttwolken in der tiefsten Schwärze der Dunkelheit ordentlich in unsere Fotokästen zu bekommen, unsere so schön leuchtende Lava hingegen selbst von jedem noch so stümperhaften Hinterhoffotografen, von jedem noch so dilettantischen Handyknipser bildtechnisch ohne großes Trara eingefangen werden kann, also all wir dahergelaufenen Freizeitfotografiefans uns ganz egal wann, selbst spät in der Nacht nach getaner Zwölfstundenarbeit in unserer vulkannächstgelegenen Werbeagentur, ganz einfach auf unser Moped schwingen und noch schnell ein paar lässige Lichtbilder von uns und unserer rotglühenden Lavamasse machen und mit der ganzen Welt teilen können?

Reif für die Insel?

Jetzt Frühbucherbonus genießen und gewinnen!

Sende ein JA an oder.warum@gmx.at

Ist es vielleicht nicht vielmehr so, dass sich das wirtschaftliche und kulturelle Leben Norditaliens nur deshalb auf die Stadt **Mailand** konzentriert, weil unsere norditalienischen Metropolen Lignano und Jesolo es bis heute nicht auf die Reihe gebracht haben, mit vereinten Kräften ein kolossales Opernhaus zu erbauen, das die Mailänder Scala nicht nur an Größe, sondern auch an Auslastung dadurch auf die hinteren Ränge verwiese, dass dort jeden einzelnen Abend, sieben Tage in der Woche, 365 Tage im Jahr unsere ultraschnuckeligen Drei Tenöre auftreten und in einem jeweils sechsstündigen Gratiskonzert nicht nur alle tippitoppi Opernhits, sondern auch haufenweise Coversongs von gerade topaktuellen Poptophits singen, auf Klassik getrimmte Coversongs von Musikkapellen wie den gerade angesagten Softrockern Scooter oder dem Singersongwriter Haftbefehl tirilieren müssten, also hochkarätige Gratiskonzerte unserer Drei Tenöre stattfänden, bei denen die Zuschauer dann derart kübelten, einen derartigen alkoholtechnischen Absturz schöben, also ohne Rücksicht auf die Geldbörse derart in den absoluten Todsuff gingen, dass unserem Mailand nicht nur kulturell, sondern auch wirtschaftlich der Rang so was von abgelaufen werden würde?

> Das hättest du nicht gedacht!
>
> So verschlagen sind Schafe wirklich!
>
> Alle schockierenden Fakten auf S. 21. (Neuseeland)

Ist es vielleicht nicht vielmehr so, dass unsere **Queen Elisabeth II** nur deshalb das Staatsoberhaupt von Neuseeland ist, weil sie sich 1953 in einem geheimen Abkommen zwischen ihr und dem Staate Neuseeland dazu verpflichtete, das neuseeländische Wappentier – das Schaf – als unauffälligen Perückenersatz auf ihrem Kopf zu tragen, ununterbrochen ein kleines neuseeländisches Lämmchen aufzuhaben, permanent also mit einem solchen kleinen Jungschaf auf dem Schädel durch die Gegend zu rennen, mit einem solchen Jungschaf, das sie nicht einmal zum Schlafengehen, nicht einmal unter der Dusche, nicht einmal auf der Blitzhütte abnehmen dürfe, das sie selbst beim gemütlichen Rohrverlegen mit ihrem Prince Philip stolz am Haupte zu tragen habe, und dadurch im Gegenzug vom neuseeländischen Staat hoch und heilig garantiert bekam, dass die Neuseeländer nie und nimmer aufmucken, gar auf die Barrikaden steigen, dem braven Empire irgendeinen Dekolonialisierungsbaum aufstellen werden würden?

Ist es vielleicht nicht vielmehr so, dass sich in unserem **Death Valley** nur deshalb der tiefste Punkt Nordamerikas befindet, weil sich unsere hochnäsige Ortschaft Leadville, die für diesen Titel ebenso infrage kam, einfach derart entschieden dagegen wehrte, als Tiefpunkt Nordamerikas zu gelten, womöglich auch noch als geographischer Oberprolet, als allerletzte Tiefenbagage eines ganzen Kontinents dazustehen, dass sich diese eingebildete Ortschaft letztlich nicht einmal dazu zu blöd war, haufenweise Erdreich, liebliche Hügelketten, sogar kleine Gebirgszüge abzutragen, um diese enormen Erdmassen dann im eigenen Flachland solange zu verteilen, bis sie nicht mehr im Tieflandranking aufschien, unser arrogantes Leadville sogar bis heute noch durch tonnenweise importierte, chinesische Hochlanderde noch jährlich etliche Höhenmeter macht und derart höhentechnisch kräftig auf die Tube drückt, mit ungebremstem Hochmut derart weiter aufschüttet, dass unser Leadville mittlerweile zur höchstgelegenen Stadt unserer Vereinigten Staaten wurde?

So schön sterben unsere Stars

Die zwei schönsten Tode unserer Hollywoodpromis.

S. 52 und 118.
(James Dean und Brian Jones)

Ist es vielleicht nicht vielmehr so, dass unsere **Diamanten** nur deshalb aus Kohlenstoff bestehen, damit sich all die feinen Pinkel, die betuchten Herren, all die werten Herrn Doktoren nachdem sie abgenibbelt sein, das letzte Bankerl gerissen, also zu guter Letzt auf Torfatmung umgestellt haben werden, sich auch noch als krönenden Abschluss ihres Lebens durch ein sündteures Eventbestattungsunternehmen zu einem riesigen Diamanten pressen lassen können, den sich dann die trauernden Hofratswitwen zum picobello Angeben sicherlich auch noch um ihre Hälse hängen, gut sichtbar für alle Besucher auf irgendeinem speziellen Minialtar über dem heimischen Kamin drapieren oder womöglich sogar von Französisch Guayana aus mit einer europäischen Trägerrakete volley ins

Weltall schießen können, auf dass der werte Herr Gatte dann als kostbarer Fixstern für immer am Firmament leuchten oder zumindest endlich nur möglichst weit weg sein möge?

Hilferuf eines Wombats

Unsere Tierstars im Vergleich!

So verschlagen ist unser Flipper wirklich!

Alle Fakten auf S. 70. (Cats)

Ist es vielleicht nicht vielmehr so, dass unser **Tasmanien** nur deshalb vor der Südostecke Australiens liegt, weil sich unser Tasmanien zwar sehr lange vor dem äußerst gemütlichen Great Barrier Reef befand, sich aber recht bald all die tierischen Inselbewohner, vom sowieso immer auf hundertachtzig seienden tasmanischen Teufel bis hin zum friedliebenden Emu, sich bei der Insel darüber zu beschweren begannen, dass sie von all dem schönen Sonnenschein immer Sonnenbrand bekämen, sicher bald das so empfindliche Schnabeltier unter schwerem Hautkrebs leiden und letztlich elend daran verenden würde, das ganze Tierreich darüber wetterte, dass man hier zwar sicherlich klasse Tauchen, täglich irgendwelchen Badespaß, irgendwelchen Strandtralala haben könne, dass aber all die gemeinen Meerestiere hier jedes noch so kleine Schwimmvergnügen derart zunichtemachten, dass selbst die so niedlichen Zeitgenossen wie unsere Babywallabys beim entspannten Plantschen von schrecklichen Fresshaien, höchst boshaften Stachelrochen, von Killerquallen hinterhältig angegriffen und in die ewigen Jagdgründe geschickt würden, sodass nun nichts anderes übrig bleibe, als dass unser Tasmanien endlich die Füße in die Hände nehmen und hier gen Süden verduften solle, was die Insel dann auch tat?

Versuche nicht zu weinen!

Die fünf traurigsten Flussfakten über den Colorado River!

Alle Fakten auf S. 15. (Colorado River)

Ist es vielleicht nicht vielmehr so, dass unser wasserreichster Fluss namens **Amazonas** nur deshalb jede Sekunde 180.000 Kubikmeter Wasser in den Atlantischen Ozean schickt, weil er einfach nach all den Strapazen, den Gefahren, all den unvorstellbaren Entbehrungen, die er während seiner Dschungeltour durchmachen musste, nun am Rande des Atlantiks einfach nicht mehr kann, schachmatt, rien ne va plus, also einfach nur kaputt wie ein Hund nach einem mordstrumm Frontalunfall mit einem Autobus ist und so einfach nicht mehr sein Wasser halten kann, mit dem er doch noch so gerne Richtung Bolivien, Richtung Paraguay geflossen wäre, so gerne noch Vollkontakttango in Buenos Aires getanzt, so gern noch in Montevideo die weltgrößte Portion Rindfleischkotelett verdrückt hätte, bevor er sich seinen lang gehegten Jugendwunsch nach einem kleinen Machu-Picchu-Sightseeingtrip erfüllen und sich in der Atacama-Wüste gemütlich zur ewigen Ruhe setzen hätte können?

Tiefer Fall!

Du wirst niemals glauben, was ALF heute macht!

Alle unglaublichen Fakten auf S. 153. (Dummies)

Ist es vielleicht nicht vielmehr so, dass der **erdnächste Stern** nur deshalb 40 Billionen Kilometer entfernt ist, damit nicht auch dort noch irgendwelche ehrenwerten Erdenbürger, nicht auch dort noch irgendein braver Brite, ein braver Deutscher, gar ein ordnungssüchtiger Obergermane schon wieder einmal intergalaktisch aufräumen, also den ganzen Glitzerstern gemäß der eigenen Vorstellung einmal ordentlich in Schuss, ordentlich auf braven Vordermann bringen will, sich irgend so ein Rauschkind von käsigem Herrenmensch also in den Kopf setzt, diesem vermeintlich verlotterten Sternenhaufen samt faulen Außerirdischen ein bisschen Zivilisation beizubringen, all diesen E.T.s einmal solange feinste Hochkultur, Manieren, besten Benimm also einzuprügeln, bis sogar der allerletzte ALF kapiert haben würde, dass man einem so erhabenen Weltenführer wie unserem Willie Tanner einfach zu gehorchen habe, nach Strich und Faden spuren, all den Anweisungen einfach Folge leisten müsse, auf dass unser empfindsames Willieoberhaupt nicht auch noch etwa aus Gram zu Crack & Co greife?

Ist es vielleicht nicht vielmehr so, dass unsere **Pipeline**, die unser Erdgas aus der UdSSR nach Westeuropa führt, nur deshalb 5.000 Kilometer lang ist, weil unsere schönheitsliebenden, sowjetischen Ingenieure nicht einfach schnurgerade Rohre verlegen, nicht einfach den einfachsten Weg nehmen,

Teddybären museum in Berlin:

So kontert unser freier Westen mit Kuschelkurs!

Alle Gegenschläge auf S. 53 (Teddybärenmuseum)

also diesen gesamten kapitalistischen Abkürzungsfimmel nicht mitmachen wollten und so eigenmächtig die ursprünglich 4.500 Kilometer lange Pipeline um 500 Kilometer verlängerten, wobei unsere schönheitsliebenden, sowjetischen Ingenieure genau mit diesen 500 Kilometern nun endlich ein bisschen Eleganz, ein bisschen erhabene Würde, fettes Niveau also in den Pipelinebau bringen wollten und so gewagte Pipelinespiralen, kühne Pipelineloopings, also extrem geile Pipelinekonstruktionen in die Landschaft zauberten, die nicht nur all die Genossen verzückten, sondern auch all den Klassenfeinden einmal derart gescheit zeigen sollten, wie denn Schönheit eigentlich so gehe, wie man denn seinen faden Alltag, seinen selbstzerstörerischen Job mit Ästhetik stilvoll aufpimpen könne, auf dass dann selbst der gestandenste Westler aus tiefster Depression über den Zustand seines so unschönen Kapitalismus ausgiebig zur Feuerwasserflasche zu greifen begänne und so letztlich in die völlige Selbstaufgabe getrieben würde?

Wortwahnsinn!

Jetzt wird endlich durchgegriffen!

Alle Maßnahmen auf S. 11. (Atmosphäre)

Ist es vielleicht nicht vielmehr so, dass es nur deshalb außer im Meer auch noch in der Wüste **Dünen** gibt, weil es ansonsten überhaupt keinen Sinn machen würde, die Kamele Wüstenschiffe zu nennen, es völlig unsinnig wäre, die Kamele irgendwie mit dem Meer in symboltechnische Verbindung zu bringen, die Kamele also dann einfach mit dem Namen Wüstenpferd oder gar Wüstenauto oder einfach nur Wüstenmoped bedacht werden müssten, wodurch sich diese Trampeltiere mit Sicherheit nicht mehr angesprochen fühlen, ganz gewiss nicht mehr folgen, nicht gehorchen würden und so all die Wüstenreisenden plötzlich mitten in der Wüste ohne irgendein Transportmittel derart dastünden, dass sie sich gleich die Mühe des zutiefst mühseligen und sowieso völlig aussichtslosen Sich-durch-die-Wüste-Schleppens ersparen und ganz einfach zum gemütlichen Sterben in die schöne Sonne legen könnten?

Die 5 besten Platten von 2023:

Alle Newcomer, Überraschungssieger und exklusiven Superstarinfos unter oder.warum@gmx.at

Ist es vielleicht nicht vielmehr so, dass unser **Plattensee** mit seinen 591 Quadratkilometern nur deshalb der größte See Mitteleuropas ist, weil für ihn schon lange nicht mehr qualitätsvolle Tiefe, höchste inhaltliche Brillanz, also erhabenster ästhetischer Gehalt zählt, er also schon seit geraumer Zeit auf jegliche Qualität pfeift, immer nur voll auf Quantität geht, ganz und gar auf Menge, ganz nach dem Yngwie-Malmsteen-Motto *More is more* doch lieber ausschließlich auf Masse setzt, dass also unser Plattensee als die längste aller Lacken, als gigantischstes Flachwasser in die Geschichte einzugehen, also als gewaltigste Senkgrube aller Zeiten derart zu triumphieren trachte, dass jeder einzelne europäische Günstigtourist unseren Plattensee zumindest einmal im Leben sehen, jeder einzelne Fischreiher einmal seinen Schnabel dort hineinstecken, jeder absonderliche Extremheini als Krönung seines Extremsportlebens seine Zehe dort hineinhalten wolle, die tapfersten unter den Extremheinis sogar ohne irgendwelchen Sponsorenschotter, sogar ganz ohne Energyfreigetränke die Erstdurchschwimmung dieser Schmutzplörre in Angriff nehmen würden?

Nie wieder einsam: Atlantik (mittig) mit Mittelmeer (links) und Schwarzem Meer (rechts)

Gemeinheit!

So werden unsere Papiergewichte im Sport ausgeschlossen!

Alle gemeinen Fakten auf S. 167. (Papiergewicht)

Ist es vielleicht nicht vielmehr so, dass unser **Mittelmeer** nur deswegen zum Atlantischen Ozean gehört, weil unser Mittelmeer schon immer irgendwo dazugehören, schon immer so gern Gesellschaft haben, also nicht immer nur völlig alleine zwischen drei Kontinenten liegen, zwischen allen Stühlen sitzen wollte, sondern sich einfach auch einmal derart nach einem Halligalli, einer ordentlichen Portion Budenzauber, derart nach einem mächtigen Mulatschak sehnte, dass unser Mittelmeer sich einfach mit ein paar deftigen Unterseebeben, hausgemachten Springfluten, sich mit bestem Vollmondkaracho so lange gegen den Bosporus, gegen die gibraltarischen Felsen, ja sogar gegen Ägypten stemmte, bis sich all die Erde verbröselte, sich endlich irgendwelche Meerengen, herrliche

Kanäle, Wasserkatheter bildeten, auf dass nun endlich all die Riesenhaie, Killerquallen, all die gediegenen Mörderkraken samt Kriegskähnen und Flugzeugträgern, all die mit Automobilen beladenen Frachtpanzer, all die niedlichen Unterseebötchen mit ihren süßen Kurz- und Weitstreckenraketchen endlich gemeinsam ein gesamtgemeinschaftliches Rambazamba veranstalten können?

Chillen wie der Meister!

Mit diesem krassen Trick entspannt unser Beethoven!

Alle argen Tricks auf S. 44. (Beethoven)

Ist es vielleicht nicht vielmehr so, dass unsere **Gezeiten** nur deshalb aus Ebbe und Flut bestehen, weil schon seit Anbeginn unseres Sonnensystems ganz klar war, dass unser Mond nicht etwa Zeit seines Daseins eine ruhige Kugel schieben, fett im All abchillen, einfach so ganz ohne Arbeit gemütlich am Firmament abhängen kann, sondern so wie alle anderen vernünftigen Universumskollegen auch sein Scherflein für das Fortkommen, das gesamte universelle Wachstum, die planetarische Prosperität beizusteuern habe, unser Mond also nicht etwa glauben könne, dass das ganze Dasein ein Streichelzoo, ein immerwährender Schnorchelausflug, gar gemütliche Selbsterfüllung sei, sondern vielmehr darin bestünde, dass selbst jedes einzelne Molekül, jedes noch so schwach geladene Elektron, ja selbst irgendwelche dahergelaufenen Quarks mindestens vierzig Stunden in der Woche ihre Dienste schieben, ordentlich ihren Beitrag leisten, also dankbar dafür sein dürfen, dass sie nicht etwa in der interstellaren Gosse landen, gar wie all die Schwarzen Löcher einer äußerst fragwürdigen, gar zwielichtigen Tätigkeit nachgehen müssten, da wäre also dieses bisschen Wasserhinundherziehen ja nicht zu viel verlangt, hätten es viele andere sicher viel schwerer erwischt, ja könnten sich bei ihrer Arbeit nicht etwa wie unser werter Herr Mond an Muschel sammelnden Kindern erfreuen?

Saukomisch!

Die drei weltbesten Witze, über die sogar Tote lachen.

Jetzt Witze anfordern und sofort loslachen unter: oder.warum@gmx.at

Ist es vielleicht nicht vielmehr so, dass in unserem **Hinterpommern** nur deshalb eine Ausgleichsküste liegt, weil unser Hinterpommern, nachdem es wieder einmal abgebrannt, nach Strich und Faden fertiggemacht, deftig nach allen Regeln der Schlachtkunst eingestampft worden war, von diesem gesamten Gewalttrara, diesem gesamten Muskelschmarrn, diesem interkontinentalen Zumpferlvergleichen derart die liebe Nase gestrichen voll hatte, selbst schon beim Anblick eines friedfertigen Buttermessers, selbst bei gemütlichen Freudenfeuerwerken einen derartigen einträchtigen Raptus bekam, dass sich unser Hinterpommern zum Ausgleich zu diesem gesamten Gewalthalligalli kurzerhand eine einfach unkomplizierte Küste baute, von der sich jeder hinterpommerianische Mensch ohne viele Umstände einfach in ein Schiff schwingen, abrauschen, sich endlich irgendwo dorthin verzupfen kann, wo nicht schon bei jeder Nichtigkeit die Faustwatsche, sofort der Potenztraktor, die atomare Mistgabel ausgepackt wird?

Totaler Ausraster!

Jetzt dreht unser Friedrich Nietzsche völlig durch!

Alle irren Details auf S. 42.
(Friedrich Nietzsche)

Ist es vielleicht nicht vielmehr so, dass unser **Koloss von Rhodos** nur deswegen zu einem Weltwunder wurde, weil ein durch und durch eitler Philosoph sich seinen ohnehin schon kärglichen Lebensunterhalt nicht mehr mit seiner dilettantischen Philosophie, seinen vermeintlich großen Gedanken, seiner mutmaßlich hochkarätigen Denkkunst verdienen konnte, schon schrecklich am Hungertuch nagte, sich weder ein Bio-Schnitzerl vom Megalica-Wollschwein noch dazugehörige Spiralpommes mit Ketchup oder gar Preiselbeeren, ganz und gar zu schweigen von irgendwelchen aus Muttermilch oder Pferdefleisch gefertigten Speiseeisköstlichkeiten leisten, keinerlei Familienkutschen, nicht einmal ein altgriechisches Lastenrad, sondern lediglich Billigsandalen auf der heißumkämpften Resterampe abstauben konnte und so dazu gezwungen war, sich anderwärtig um den so gebrauchten Knödel umzuschauen, anderwärtig ein bisschen Pinkepinke abzubekommen, all die lebensnotwendigen Moneten also letztlich dadurch ranzuschaffen, dass er sich zum Fremdenverkehrsobmann von Rhodos hochputschte, als der er sich dann endlich ein Denkmal, ein veritables Leuchtturmprojekt, ein Monument seiner Männlichkeit errichten, dann endlich seiner Eitelkeit freien Lauf lassen konnte, also er selbst dann als bis ins Ideal verklärter Koloss die Hafeneinfahrt zieren wollte, auf dass all die armen Matrosen endlich sein pelziges Gehänge beim Einlaufen bewundern würden?

Ein Stadion voller Lustmolche!

Das größte PR-Desaster der Sportgeschichte!

Alle unschönen Details auf S. 186. (Schlangenbogen-Gegendreier)

Ist es vielleicht nicht vielmehr so, dass unsere **Regenzeit** nur deshalb als Gegenteil unserer Trockenzeit bezeichnet wird, weil jeder und jedem sicher sofort einleuchtet, dass es keinen schönen Fuß macht, optisch sicher nicht gar so pipifein rüberkommt, PR-technisch ganz und gar ungünstig wäre, wenn unsere Regenzeit wahrheitsgemäß Suffzeit genannt würde und jede Öffentlichkeit sofort wüsste, was denn hier gespielt werde, was es hier denn geschlagen habe, was hier denn Sache sei, unsere Erde also ein veritables Suffproblem, ein äußerst problematisches Pipperlverhalten an den Tag lege, quartalsmäßig oft derart in sich reinschütte, dass ihr dabei selbst oft eine ordentliche Ladung Schlammlawine abgeht, ungebremst ins Tal schlittert, ohne dass sich noch jemand retten könnte, einfach so in die Talsohle rinnt, höchst peinliche Überflutungen, bei denen dann vermeintlich stabile Staudämme plötzlich bersten, hässliche Flecken auf den Landkarten hinterlassen, am nächsten Morgen sogar das ganze Flussbett unbemerkt zu einem ausgewachsenen See, einer langen Lacke, also einem schrecklichen Gesamtmalheur geworden ist?

So entspannen unsere Topstars!

Hole dir alle Entspannungstipps unserer Hollywood-Promis auf S. 52. James Dean)

Ist es vielleicht nicht vielmehr so, dass unsere **Donau** nur deshalb zwischen unserem Weltenburg und Kelheim durch die Kalkfelsen bricht, weil sich unsere Donau immer schon aufgrund ihrer schweren Melancholie, ihres Weltentrübsals, ihrer existenziellen Trägheit also nicht etwa mit vollem Karacho und Tschingbumm gegen das Gestein der letzten Juraausläufer warf, nicht etwa extrem auf Kickbox, gekonnte Karatekicks, gar auf brutales Mixed-Martial-Arts-Real-Fights setzte, sondern anstatt härtester Schlagsalven sich einfach derart gemütlich gegen all die Kalkfelsen lehnte, völlig tiefenentspannt eine ausgedehnte Zigarettenpause, eine wohlverdiente Auszeit, bezahlten Urlaub, ja sogar gewerkschaftlich garantierten Zeitausgleich nahm, dass sich die Felsen in falscher Sicherheit wogen, unbemerkt langsam, peu à peu solange innerlich Wasser aufsogen, bis sie sich von ganz alleine, völlig freiwillig, aus eigenem freien Entschluss und Antrieb heraus mit auf die Reise zum Schwarzen Meer machten?

Keuschheitswahn!

So züchtig ist unser André Heller.

Alle unzensierten Details auf S. 117.
(Marilyn Monroe)

Ist es vielleicht nicht vielmehr so, dass unser James Cook die Hawaii-Inseln nur deshalb **Sandwich-Inseln** benannte, weil ihm genau dort auf diesen Inseln sein Lover Admiral Lord Sandwich endlich seinen langjährigen Wunsch nach einer gepflegten Ménage-à-trois, einem ausgewachsenen Dreierziegel, also einem pipifeinen Rudelbums erfüllte und sich nun unser James Cook auch entsprechend dafür erkenntlich zeigen wollte, namenstechnisch dafür bedanken wollte, dass er diesmal nicht schon wieder ganz allein seinen kleinen Fleischzyklopen zum Weinen bringen, schon wieder ganz allein das alte Mütze-Glatze-Mütze-Glatze-Mütze-Glatze-Spiel, maximal vielleicht langweilige Vorhautaerobic mit dem Obermaat, bei dem ja sowieso nie mehr als ein bisschen gegenseitiges Stangenhalten angesagt gewesen war, betreiben musste, sondern unser James Cook jetzt hier vor Hawaii einfach einmal verkehrstechnisch richtig fleischlich durchstarten und sich sein Ober- wie auch Unterdeck einmal zärtlich von zwei ausgewachsenen Seebären auf Hochglanz durchschruppen lassen durfte?

Endlich Sandwich!
(Symbolbild)
Admiral Lord Sandwich (oben), James Cook (mitte), unbekannter Seebär (unten).

II
Unterhaltung

Must-haves:

Ohne diese Haushaltsartikel sind unsere Stars aufgeschmissen.

Die gesamte Liste unter: oder.warum@gmx.at

Ist es vielleicht nicht vielmehr so, dass unser **Fesselballon** nur deshalb mit einem Seil am Boden festgehalten wird, weil unser Fesselballon eine Erfindung einer französischen Bondageamateurvereinigung ist, die sich zum Ziel gesetzt hat, alles in ihrer Umgebung gemäß der japanischen Einschnürkunst zu verzurren, alle Menschen, alle Gegenstände in ihrem Umfeld nach allen Regeln der Knüpfkunst zu binden, ihre ganze Umgebung also derart mit Seilen zu umwickeln, dass unsere Hobbybondagefreunde selbst ihre Fahrräder, selbst ihre geliebten Automobile, ihre Kaffeemaschinen mit Stricken fixierten, nicht einmal davor zurückschreckten ganze Sitzgarnituren, ganze Wohnlandschaften mit ihren Schnüren in kunstvolle Knoten zu legen, derart zu fesseln, dass diese dann für herkömmliche Zwecke völlig unbrauchbar, völlig nutzlos geworden waren, niemand auch nur irgendwie dann auf diesen Fahrrädern fahren, der Wohnlandschaft sitzen, geschweige denn gemütlich auf der Sitzgarnitur entspannen konnte, unser Hobbyfesselverein also derart über den Vereinszweck hinausschoss, dass all seine Fesselmanie folgerichtig in einem letzten großen Wurf, in einem letzten großen Meisterwerk, einem finalen Trara, also im Fesselballon münden musste?

Altpromis:

Was wurde eigentlich aus dem ersten Beatles-Drummer Pete Best?

Alle Infos auf S. 102. (Pete Best)

Ist es vielleicht nicht vielmehr so, dass unser **Friedrich Nietzsche** nur deshalb die letzten elf Jahre bis zu seinem Tod in geistiger Umnachtung verbrachte, weil unser Friedrich Nietzsche 1889 in Turin den folgenschweren Fehler machte, ganz alleine in seinem Hotelzimmer Satellitenfernsehen zu sehen, sich dabei tagelang ohne zu schlafen durch die Sender zu zappen, in Angst irgendeine Sensation, irgendeine Prominentenquälsendung, irgendeine Demütigungsshow zu verpassen, tagelang kein Auge zutun, nicht einmal für nur fünf Minuten kurz wegrüsseln, kurz einknacken konnte, sondern sich beinhart jede einzelne Wiederholung einer bereits gesehenen Geburtssendung in sich hineinziehen musste, einer Geburtssendung, bei der all die Halbwüchsigen, die kleinen Racker, all die vom Leben ohnehin schon völlig fertig beschenkten Teenager plötzlich Mütter werden, aus heiterem Himmel heraus eine Blitzgeburt aufs Parkett legen, irgendeine Kindesausschüttung erleben, plötzlich mit einem Babybalg dastehen, also von heute auf morgen irgendeinem Frischgeborenen fachfräulich die eigene Brust ins zahnlose Gesicht halten müssen, Geburtssendungen also, die unseren Friedrich Nietzsche derart exzessive auf sein Fernsehgemüt drückten, dass bei ihm schlussendlich alle Sicherungen fielen, sein Nietzschegehirn einen mordstrumm Meltdown hinlegte, sein Geist sich also endgültig auf Tschüss-Baba ins Metaphysische verzupfte, auf Nimmerwiedersehen abdampfte?

Ist es vielleicht nicht vielmehr so, dass unser **Didi Hallervorden** nur deshalb nach Pommes Frites in einer Flasche verlangt, weil unser Didi Hallervorden immer schon zur Speerspitze der Umweltbewegung gehörte, schon ganz am Beginn der grünen Bewegung, schon am Anfang des ganzen Naturschutzes an vorderster Front stand, sich an Bäume, an Schienen kettete, bei Atomkraft wie Plastik keinerlei Kompromisse kannte, in seinem ganzen Jugendjahren

Verpackungswahnsinn:

So wurde unser Christo zum Verpackungsstar?

Exklusivstory auf S. 129. (Christo)

ausschließlich Jute trug, Jutehosen, Jutehemden, Jutehüte zum Hallervorden'schen Markenzeichen zählten, also unser Didi diese ganzen Umweltgedanken in einem solchen Ausmaße lebte, derart intus hatte, dass er sogar beim Würstelstand immer vehement darauf bestand, dass man ihm die Bosna, die guten Frankfurter samt Pommes doch nicht auf irgendeinem solchen völlig umweltschädlichen PVC-Teller, auf irgendeinem solchen Klimakiller, sondern doch vielmehr in einer wiederverwertbaren Flasche servieren möge, dermaßen vehement auf Pommes in wiederverwertbaren Flaschen bestand, derart massiv insistierte, dass unser Didi dann einmal von einem erbosten Imbissbudenbesitzer dermaßen klitschkotechnisch die Fassade eingerissen, eine deftige Gesichtsguacamole angerührt, also dermaßen die Wirbelsäule aus dem Hals geholt wurde, dass er nie wieder der Alte wurde, für ihn und sein Trauma also nur noch der Gang ins Kabarett übrigblieb?

Die härteste Polit-Party aller Zeiten:

Du wirst niemals glauben, wie unsere Politstars wirklich relaxen!

Alles auf S. 78.
(Gipfelkonferenz in Jalta)

Ist es vielleicht nicht vielmehr so, dass unser **Beethoven** nur deshalb lediglich eine Oper geschrieben hat, weil unser Beethoven alles gerne einmal ein bisschen lockerer, ein bisschen geschmeidiger angehen, sich auch gerne mal entspannt ein drittes Ei wachsen ließ, unser Beethoven für sich und sein Leben also schon früh entschieden hatte, dass all das Leistungsblabla, all das Highperformancegetue, all die Rekordsucht sicher nicht sein Ding, sicher nichts für unseren tiefenentspannten Beethoven seien, sich unser Beethoven doch lieber mit einem köstlichen Cola-Rot auf seinen Balkon setzen, irgendwelche niedlichen Enten im

Park füttern, sicher doch lieber die neueste Serie in einem Aufwasch durchsehen wolle, als den ganzen Tag vor dem Notenprogramm zu sitzen, stundenlang irgendwelche Notenwerte, schwindelerregende Läufe in den Computer zu tippen, auf dass diese dann auch noch von einem dahergelaufenen Opernintendanten, einem ganz und gar beschränkten Regisseur verhunzt, seine ganzen Meisterwerke von einem dilettantischen Orchester bis zur Unkenntlichkeit verunstaltet, also letztlich von einem auf Adolf machenden Dirigenten derart falsch gelesen werden, dass unser Beethoven doch jetzt lieber eine gemütliche Masturbationsrunde, ein eigenromantisches Tête-á-Tête einlege, sich also ein bisschen Me-Time gönne, als sich diese gesamte Agropartie anzutun?

Trägheit? Melancholie? Trübsal?

Mit diesem legalen Mittel in nur 10 Tagen wieder arbeitsfähig!

Jetzt bestellen unter: oder.warum@gmx.at

Ludwig van Beethoven beim Sonnen seines Dammes

Der neueste Humor-Trend unserer Promis:

Lachgas – Wundermittel der Aufklärung!

Alle Details auf S. 49. (Lachgas)

Ist es vielleicht nicht vielmehr so, dass unsere **Biene** nur deshalb zum **Stachelschwein** sagt, dass es schön sei, auf der Welt zu sein, weil unsere Biene unter schwerem vOptimismus leidet, zwanghaft immer nur das Gute, das Schöne, das Allerbeste in der Welt zu erkennen vermeint, selbst bei schrecklichsten Hornissenangriffen, bei Glyphosatattacken, selbst bei überraschenden Wintereinbrüchen, bei dem ganze Bienenvölker auf einen Schlag ausradiert, brutal kaltgemacht, heimgedreht werden, unsere Biene selbst also bei unsagbaren Totalkatastrophen immer noch positiv bleibt, sich einredet, dass das alles da halt der Gang der Dinge sei, alles vielleicht jetzt durch all den Tod, durch die ganze ungünstige Folter, den sicher auch durchaus unangemessenen Vernichtungskrieg, alles also durch diese Hungersnöte vielleicht jetzt nicht gar so rosig aussehe, in einem unguten Licht, unter ungünstigen Sternen stehe, aber da hinten da sähe unsere Biene bereits einen hellen Silberstreifen am Horizont, da hinten könnte man schon den hoffnungsvollen Beginn eines neuen Tages, einer schönen neuen Ära, das Heraufbrechen eines friedvollen Zeitalters der Liebe sehen, unsere Biene also fest davon ausgeht, dass dieses große Schwammerl, dieser schöne Wolkenpilz da hinten am Horizont mit Sicherheit ganze Landstriche auf Jahre hinweg köstlich ernähren werden könne?

Ist es vielleicht nicht vielmehr so, dass die Amtszeit unseres **Papst Johannes Paul I** nur deshalb 33 Tage lang dauerte, weil unser Papst Johannes Paul I in einem schrecklichen, selbstverschuldeten Horrorunfall ums Leben kam, auf dem Nachhauseweg von einer feuchtfröhlichen

Kapelleneinweihungsparty irgendwo in Romumgebung mit seinem aufgemotzten Papamobil in einem derartigen Extremkaracho in ein Straßenmarterl krachte, dass sein ganzes gutes Papstblut samt Blutzucker, Cholesterin und reichlich Alkohol dermaßen bis zu einem halben Kilometer durch die Gegend spritzte, dass spitzfindige Spezialspezialisten sogar davon ausgingen, gar felsenfest davon überzeugt waren, vehement darauf bestanden, dass unser Papst Johannes Paul I ganz eindeutig vom gemeinen Mossad getötet, hinterhältig mit irgendeinem geheimdienstlichen Sprengsatz, mit einer Lenkrakete, ganz klar mit einer völlig tödlichen Dosis Alkohol zuerst wehrlos und dann eiskalt mit einer guten alten Stange TNT, mit bestem KGB-Dynamit in die Luft gesprengt worden sei, unser Papst Johannes Paul I also einfach zu viel gewusst, zu tiefe Einblicke in die dunkelsten Geheimnisse der Menschheitsgeschichte besessen, ganz klar und deutlich einfach für all die Mächtigen zu viel Macht gehabt, für all die geheimen Zirkel, die geheimen Strippenzieher letztlich zu viel erkannt haben musste?

> Endlich! Freigabe der Geheimakten:
>
> So starb unser James Dean wirklich!
>
> Alle harten Fakten auf S. 52. (James Dean)

Ist es vielleicht nicht vielmehr so, dass unser **James Cook** nur deshalb 1776 bei der Entdeckung der Hawaii-Inseln von den Insulanern erschlagen wurde, weil unser James Cook schlichtweg mit einem befeindeten Nachbarshäuptling verwechselt wurde, die Insulaner also lediglich den gemeinen Wüstling vom Nachbarort um die Ecke bringen, bluttechnisch einnässen, also ganzkörperlich durch das Kanalgitter faschieren wollten, unser James Cook aber unglücklicherweise eine

> Ménage-á-trois -Seebär packt aus:
>
> „Es war wahre Liebe!“
>
> Alle Details auf S. 39. (Sandwich-Inseln)

derartige Ähnlichkeit mit diesem nachbarschaftlichen Fiesling aufwies, dass letztlich unser armer Cookkapitän äußerst ungünstig zum Handkuss kam, nicht nur die Arschkarte, sondern auch den Schwarzen Peter sowie im Unglücksbingo den Hauptpreis gezogen, einfach ein solch mächtiges Künstlerpech hatte, dass selbst der ansonsten so kaltblütige Killer kleinlaut zugeben musste, dass das ganze hier doch ein ziemliches Missverständnis, eine ganz schön ungute Geschichte sei, fast ja schon eine Komödie hätte werden können, wenn da nicht Gevatter Tod so gemein dazwischengefunkt, unser Sensenmann blöderweise gar zu früh mit seiner Sense gewinkt, unser James Cook also zu frühzeitig die letzte Grätsche gemacht hätte, aufgrund eines solchen Versehens, für das ja wirklich niemand etwas könne, niemand im Ernst mit so etwas rechnen, einen solchen Zufall erwarten würde, aufgrund eines solchen Versehens also viel zu früh die Patschen strecken musste?

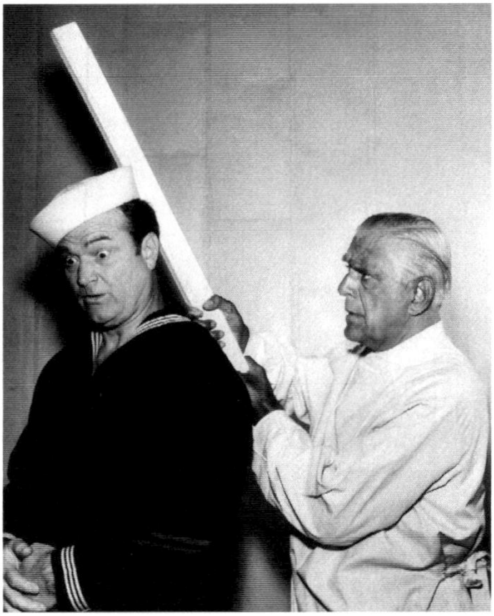

Fataler Fehler: Einheimischer (rechts) verwechselt James Cook (links) mit Kontrahenten

Ist es vielleicht nicht vielmehr so, dass unser Konditormeister aus Vöhrenbach im Schwarzwald 1982 für den größten, je gebackenen **Gugelhupf** der Welt nur deshalb 900 Eier verwendete, weil sein Bruder der größte Eierproduzent von ganz Bayern, der unangefochtene Eiermogul, also unbestritten die alleroberste Eiernummer Eins zwischen Chiemsee und Schweinfurt war, sein Bruder somit ganz Bayern eiertechnisch derart fest in der Hand hatte, dass unser Eiermann zusammen mit unserem Backmeister ein für alle mal demonstrieren wollte, wer hier in Bayern eiermäßig die Lederhosen anhabe, er hier ohne auch nur mit der Wimper zu zucken, locker einmal ein paarhundert köstliche Eier, unzählige Hühnergelege, also kostbarste Freilandfrüchte kostenlos dem Bayrischen Volkskörper übergeben, sogar in Gugelhupfform unentgeltlich zur freien Entnahme, zum ultimativen Nulltarif also anbieten könne, wem hier in Bayern also als Eierkönig gehuldigt werden, absoluter Gehorsam, in devoter Bodenhaltung höchste Ergebenheit entgegengebracht werden müsse, auf dass unser Mensch gewordener Eiergott mit Güte und erhabener Weitsicht weiterhin ganz Bayern, letztlich auch die ganze BRD in eine zivilisatorische Höchstentwicklung, die ganze eierproduzierende Industrie in lichte Höhen, in den betriebswirtschaftlichen Olymp führe?

So einfach:
In nur 5 Schritten ins Guinnessbuch der Rekorde!

Jetzt anmelden unter oder.warum@gmx.at

Ist es vielleicht nicht vielmehr so, dass unser **Lachgas** nur deshalb als Mittel zur Betäubung verwendet wird, weil, wie namhafte Ärzte, höchst anerkannte Heiler, allerbeste Medizinmänner versichern, das Lachen nicht nur äußerst gesund, extrem bekömmlich, dem gesamten Geist-Körper-Wohlbefinden

Freigabe der Geheimakten:

So starb unser James Dean wirklich!

Alle harten Fakten auf S. 75.
(texanischer Senator)

also so etwas von zuträglich sei, sondern vor allem auch schrecklichste Schmerzen, unerträgliche Höllenqualen, sadistischste Blutfolter ertragen lassen, durch komplizierteste innerchemische Vorgänge Gehirn wie auch Restkörper derart immun gegen all die horrenden Zumutungen der Welt, gegen all die Schmerzfrechheiten, immun gegen die brutalen Todeskungfukünste unserer Umwelt würden, dass wir selbst bei katastrophalen Unfällen, bei spritzblutigem Verlust von geliebten Gliedmaßen, selbst beim Abhandenkommen des gesamten schönen Unterleibs mit ein paar gekonnten Lachübungen, herzhaftem Humor, einer deftigen Witzedosis nicht nur all die unguten Eigenschmerzen weglachen könnten, sondern dann sogar völlig schmerzbefreit, mit aus Arm und Bein schießenden Blutfontänen, mit offenen Schädelbrüchen, mit lediglich am Sehnerv hängenden Augen noch unschuldige Kinder, immobile Pensionisten, irgendwelche unbeholfenen Hascherl aus irgendeinem brennenden Haus, irgendeinem bald explodierenden Automobil,
von diesem untergehenden Boot
hier zu retten vermögen?

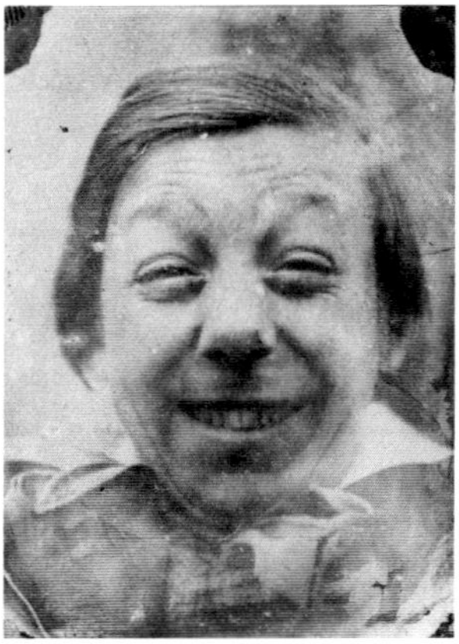

Lachgas: dein Freund und Helfer bei ungutem Schmerz und schwerem Leid

Das Erfolgsrezept des Investmentpunk:

So investierte unser Johann Sebastian Bach!

Alle Investmenttipps auf S. 106. (Johann Sebastian Bach)

Ist es vielleicht nicht vielmehr so, dass unser **Karel Gott** nur deshalb die *Goldene Stimme Prags* genannt wurde, weil unser Karel Gott in unserem freien Westen derartig viel Erfolg, in unserer gänzlich freien Welt derart viel Moneymoney Pinkepinke und Blingbling gemacht, also derart viel gerechten Mehrwert abgeschöpft hatte, dass sich unser Karel Gott im geknebelten Ostblock einfach alles kaufen, in all den sozialistischen Bruderstaaten jedes einzelne kommunistische Konsumgut leisten, mit unserer harten, soliden Westwährung, mit erhabenen Wild-West-Devisen, also selbstlosen US-Dollarn nur die allerbesten Güter erstehen konnte, sich unser Karel Gott darum auch wirklich nur die absolute Highend-Ware zulegte, von der guten sozialistischen Wurst über den stärksten Kolchosentraktor bis hin zur besten Weitstreckenrakete einfach alles sein Eigen nennen konnte, unser Karel Gott also solange auf Teufel komm raus konsumierte, bis er letztlich schon jeden verfügbaren Sowjetartikel besaß und ihm konsumtechnisch nichts mehr anderes übrig blieb, als sich irgendwo im weiten Osten, irgendwo in der Nähe von Novosibirsk kurz vor Irkutsk seine Stimmbänder von einem hochspezialisierten, sowjetischen Ingenieur fachmännisch vergolden zu lassen?

Hilf uns mit deiner Zustimmung!

Einstellungen: Alles akzeptieren.

Finanzhack:

Mit diesem einfachen Trick sparst du 2/3 deiner Betriebskosten!

Jetzt kostenlos anmelden unter oder.warum@gmx.at

Ist es vielleicht nicht vielmehr so, dass unserer **britischen Königsfamilie** im Buckingham-Palast nur deshalb 602 Zimmer zur Verfügung stehen, weil unsere Königsfamilie zimmertechnisch bereits ordentlich abgespeckt, sich vom vierstelligen Zimmerbereich nun auf das dreistellige Gebiet heruntergespart, also nur auf das Allernotwendigste zurückgefahren hat, nun wirklich nur am absoluten Zimmerminimum leben, nun sogar Hauptgang und Dessert im selben Raum einnehmen, beinhart ganz ohne goldene Badezimmerlandschaften, ganz ohne Abkühlhallen für die Finnischen Saunagemächer auskommen muss, unsere königliche Familie nun nicht einmal mehr ein Golfwägelchen braucht, um von einem Trakt zum nächsten zu kommen, selbst die Kinder nun locker zu Fuß, ganz ohne Fahrrad und Elektroroller zum frühmorgendlichen Kuscheln in die Elterngemächer kommen können, unsere Königsfamilie also derart auf immobilienmäßiger Sparflamme fährt, dass selbst unsere arme Camilla beim morgendlichen Schminken mitansehen muss, wie unser König Charles seinen royalen Morgengax auf der Blitzschüssel direkt neben ihrem Waschbecken würdevoll absolviert, den königlichen Morgenkaffee feierlich dem Abort übergibt, weihevoll abseilt?

Ist es vielleicht nicht vielmehr so, dass unser **James Dean** nur deshalb 1955 bei einem Autounfall gestorben ist, weil unser James Dean nicht nur ein ausgewiesener Automobilliebhaber, durch und durch ein Autofreak, ein ausgemachter Motortifoso war, sondern auch als der leidenschaftlichste Raucher in den ganzen Vereinigten Saaten galt, unser James Dean also nicht nur in Entspannungspausen schmauchelte, sondern einfach den ganzen Tag über bei jeder Gelegenheit ein neues Zigaretterl entfachte, keine fünf Minuten vergehen ließ, ohne sich den nächsten Glimmstängel, das nächste Lungenbrötchen zu genehmigen, unser James Dean sich sogar des nächtens halbstündig von einem Wecker wecken ließ, auf dass er sich den nächsten Lungentorpedo, den nächsten Tabakriegel, den nächsten köstlichen Alveolenschmeichler ins Gebläse ziehen könne, unser James Dean also ein derartiger Vollblutraucher war, dass er nicht einmal beim Tanken auf seinen Lungenspaß, seine geliebten Glimmzüge verzichten wollte und dabei 1955 dermaßen ungünstig sein süßes James-Dean-Gesicht samt Glutstangerl vor die Tanköffnung schob, dass der Feuerball dann mit einem ordentlichen Flupp nicht nur sein Pomadenhaar, sondern auch seinen ganzen Kopf äußerst unschön wegschmelzen ließ?

Ist es vielleicht nicht vielmehr so, dass sich unser erstes und einziges **Teddybärenmuseum** der Welt nur deshalb seit 1986 in Berlin befindet, weil unsere BRD 1986 zur großen Kuscheloffensive ansetzte, der ganzen Welt zeigen wollte, welche unbestreitbaren Schmusequalitäten, welche tippitoppi Kuschelstandards hier in unserer BRD herrschen, wie sehr unser Westdeutschland schon immer auf Softpower, auf gemütlichen Schmusekurs, auf völkerverbindende Harmonie gesetzt, immer schon nur das Allerbeste für das globale Gesamtwohl,

S. 46. (Biene und Stachelschwein)

sich einen weltumspannenden Ausgleich, interkontinentale Gerechtigkeit gewünscht habe, sich unser Deutschland ebenso wie der Rest der freien Welt seit Jahr und Tag ohnehin am allerliebsten all den schönen Dingen des Lebens, der erhabenen Kunst, den ästhetischen Klängen, den geheimen Fertigkeiten der zärtlichen Berührungen, der selbstlosen Liebe des Nächsten, der aufopfernden Pflege der Bedürftigen widmen würde, der gesamte freie Westen also schon immer all den Hilfesuchenden, all den armen Armutschgerln umgehend, ohne Wenn und Aber Unterkunft, warmherzige Aufnahme, lindernden Trost geschenkt, bedingungslose Liebe versprüht habe?

Teddybärenmuseum in Berlin:
der freie Westen auf Kuschelkurs

Ist es vielleicht nicht vielmehr so, dass unser **Stephen King** nur deshalb das Buch *Shining* geschrieben hat, weil unser Stephen King nicht immer nur so negative, so miesepetrige Bücher, so pessimistische Machwerke verfassen, sondern auch einmal die positiven Sonnenseiten des Lebens, all das Liebliche in unserer Umwelt, all das Erbauende beschreiben, ein ganzes Machwerk also dem Sonnenschein, all den herrlichen Phänomenen unseres Glutmugels widmen wollte, unser Stephen King also all den Widerständen seines Verlages, den heftigen Bedenken seines Lektors, all den flehenden Bitten seiner Angehörigen zum Trotz einen ganzen Langtext nur über die solare Schönheit unseres geliebten Fixsterns ausarbeiten, ordentlich schildern wollte, wie sich unsere Sonne täglich gemächlich von einem Horizont zum nächsten schwingt, mit ihren reizenden Strahlen nicht nur die Kornblumen blühen, sondern auch unsere Muttermale sprießen, aufgehen, sich derart entfalten lässt, dass bald im ganzen Körper irgendwelche lustigen Verästelungen, kleine Abkömmlinge in den Lungen zu wachsen, sich unmerklich im Gehirn irgendwelche süßen Gewächse zu entfalten beginnen dürfen, langsam endlich die Kontrolle über unsere Körper gewinnen können?

Sonnenkönig Ludwig XIV

Knallharte Beichte: „Ich war früher ein ziemliches Arschloch!"

Alle Fakten auf S. 76. (Ludwig XIV)

Ist es vielleicht nicht vielmehr so, dass unser **Elefant**, der zu Werbezwecken in der **Wuppertaler Schwebebahn** mitfuhr, nur deshalb aus der Schwebebahn hinaus direkt in die Wupper sprang, weil in der

Betrogen und abgezockt?

So kommen Sie zu Ihrem Recht:

Kostenlose Erstberatung unter oder.warum@gmx.at

Schwebebahnkabine zwischen unserem Elefanten und dem Leiter der Wuppertaler Werbeagentur ein schrecklicher Streit entbrannte, ein Schreiduell, ein mordstrumm Wickel darüber entstanden war, dass unser Elefant schon wieder ordentlich übers Ohr gehauen, gagetechnisch schon wieder über den Tisch gezogen würde, zum wiederholten Male kohletechnisch durch die Elefantenzehen schauen, unser Elefant schon wieder irgendwelche halbseidenen Gagenabschläge hinnehmen müsse, unser Elefant das alles aber nun nicht länger hinnehmen, sich nicht gefallen lassen werde, sich sicher hier nicht länger zum Affen machen lasse, der Werbeagenturheinzi ihm doch lieber seinen Schuh aufblasen, den Buckel runterrutschen, werbetechnisch scheißen gehen solle, unser Elefant also endlich einmal derart aufgedreht hatte, aufgestanden, rebellisch geworden war, dass es letztlich sogar zu einem veritablen Raufhandel, einem harten Hand- und Rüsselgemenge, einem brutalen Faustkampf kam, bei dem unser Elefant von einer Werbefritzefaust so ungünstig getroffen wurde, dass er sein Gleichgewicht verlor, metertief und mit einem verzweifelten Töröööö in die kalte Wupper stürzte?

Das könnte dich auch interessieren:

Die ganze Wahrheit über die Pyramiden von Gizeh! S. 79.
(Pyramiden von Gizeh)

Günther Grass packt aus: „War Drummer bei Kreator!“ S. 109.
(Günter Grass)

Peinlich! So verkommen ist Dostojewski wirklich! S. 124.
(Dostojewski)

Vermögensaufbau im Tierreich: Wuppertaler Elefant eröffnet mit Gage einen hochlukrativen Raiffeisen-Bausparer

Traumjob Kapitän!

In nur 5 Tagen weltmeerfit!

Jetzt völlig gratis anmelden: oder.warum@gmx.at

Ist es vielleicht nicht vielmehr so, dass unser Dampfer Slavonia am 10. Juni 1904 nur deshalb erstmals das **SOS-Signal** sendete, weil unser Slavonia-Dampfer einfach ausprobieren wollte, ob beim Senden des SOS-Signals tatsächlich, wie versprochen, unverzüglich Hilfe geleistet, sofort Gott und die Welt in Bewegung gesetzt, sofort alle verfügbaren zivilen wie auch militärischen Kräfte zusammengezogen würden, um all die armen Seelen, die bedrängten Mitmenschen, all die vom Weltbrand gepeinigten Hilfesuchenden endlich der Umarmung des Todes zu entreißen, heldenhaft aus den tödlichen Fluten, den unersättlichen Monsterwellen zu retten, oder ob das ganze SOS-Getue nicht nur irgendeine bessere Werbekampagne, irgendeine Schönrederei, eine ausgeklügelte PR-Aktion der örtlichen Hafenleitung sei, auf dass dann all die lukrativen Dampfer, all die schwer beladenen Frachtschiffe, all die gigantischen Containerkreuzer wegen all der Sicherheitsgarantien ihre schöne Fracht nur in unserem Hafen, ihre herrlichen Container nur bei uns löschen?

Absoluter Torrekord!

Du hättest nie gedacht, welcher Top-Promi hinter diesem Rekord steckt!

Alle Fakten auf S. 179. (Länderspieltorrekord)

Ist es vielleicht nicht vielmehr so, dass unser Mister **Robert Wadlow** nur deshalb der längste je gemessene Mensch ist, weil unser Mister Robert Wadlow schon in frühester Kindheit beschloss, niemals mit dem Wachsen aufzuhören, keinen einzigen Tag seines Lebens auf der Wachstumsleiter zu verweilen, sich höhentechnisch auszuruhen, sondern entschlossen Tag für Tag an seiner Körpergröße hart zu arbeiten, koste es was es wolle, an die Höhenspitze aller Menschenrekorde zu gelangen, also zielstrebig jegliche Art der Entbehrung, des harten Verzichtes auf sich zu nehmen, unser Mister Robert Wadlow zur Erreichung seines gigantischen Endziels letztlich sogar auf zweifelhafte Mittel setzte, sich sogar täglich zwei Stunden lang von seiner selbst gebastelten Streckbank ordentlich in die Länge ziehen, seine Wirbelsäule weit über die Schmerzgrenze hinaus dehnen, sich mit irgendwelchen Seilen und schwersten Gewichten derart längentechnisch ausziehen ließ, dass selbst ein gestandener Strudelteig neidisch geworden wäre, unser Mister Robert Wadlow es aber letztlich mit seiner Selbstverlängerung dermaßen übertrieb, dass er sich aufgrund all der losen Bänder, all der schlabbrig gewordenen

Sehnen, all der überdehnten Verbindungen nicht mehr aufrecht, sondern nur noch kriechend fortbewegen, selbst zur Guinnessbuchrekordpreisverleihung nur noch in einem Pflegebett hingeschoben werden konnte?

Sommerzeit ist Eiszeit:
Coupe Dänemark (links), Titanic (rechts)

Internationale Härte:

Du wirst nie erraten, auf welche Weise in Sparta Spaghetti gegessen werden.

Historischer Faktencheck auf S. 97. (Spartaner)

Ist es vielleicht nicht vielmehr so, dass unsere **Titanic** 1912 nur deshalb einen Eisberg rammte und sank, weil ein überreicher Geldsack der ganzen Titanic-Crew einen mordstrumm Baum aufgestellt, auf richtig dicke Backen gemacht, sich mit hochrotem Schädel beschwert hatte, dass dieses Speiseeis hier auf der Titanic nicht zu fressen sei, niemand von ihm im Ernst verlangen könne, dass er hier diesen vermeintlichen Coupe Dänemark, diese völlig ungenießbare Heiße Liebe, diesen Witz von einem Bananensplit zu sich nehmen solle, seinem Körpertempel sicher nicht so eine Speiseeisfrechheit zumuten, ein derartiges Fruchteisdesaster, eine derartige eiskulinarische Totalniederlage antun würde, weil also ein überbetuchter Geldsack letztlich derart mit Nachdruck, mit unverhohlenen Drohungen, ausufernden Beleidigungen darauf bestanden hatte, dass ihm die Titanic-Besatzung nun endlich eine ihm angemessene Portion Gaumenfreude, endlich eine herrschaftliche, eine sublime Schüssel kalter Zungenversuchung, endlich eine Schlecktase bescheren möge, die seinem Range angemessen sei?

Steile Karriere als Informant:

Steuerfreies Nebeneinkommen!

Abwechslungsreicher Arbeitsalltag!

Diskrete Vorinformation unter oder.warum@gmx.at

Ist es vielleicht nicht vielmehr so, dass unser **Eiserner Vorhang** in unseren Theatern nur deshalb unseren Bühnenraum von unserem Zuschauerraum trennt, weil unter unseren Schauspielern die entsetzliche Angst vor irgendwelchen Spionen umgeht, all unsere Darsteller also unglaubliches Muffensausen davor haben, dass sich irgendein allzu neugieriger Zuschauermensch heimlich auf die Bühne schleicht, verstohlen hinter irgendwelchen Requisiten hervorluge, sich irgendein allzu wissensdurstiges Publikumselement ungesehen hinter der Bühne herumtreibe, heimlich in den Garderoben an der Unterhose des Hauptdarstellers schnüffle, völlig unbemerkt als Kaktus verkleidet vertrauliche Gespräche belauscht, vom Seilboden aus höchst private Vorkommnisse, leidenschaftliche Seitensprünge, polyamore Verquickungen, gar irgendwelche frivolen Rudelvergnügungen beobachte, also irgendjemand von den billigen Rängen dann letztlich all diese pikanten Insiderinformationen an die Presse weitergebe, für teures Geld an all die Societyblätter, an all die Hochglanztratschorgane verscherble, ohne Absegnung von oberster Stelle dann plötzlich publik würde, dass dies alles hier oben auf der Bühne gar nicht echt, alles nur gespielt, mit irgendwelchen Taschenspielertricks und gekonnten Schummeleien einfach nur vorgetäuscht ist?

Schockierendes Geständnis:
Charlie Chaplin:
„Bin kochsüchtig!"

Alle pikanten Einzelheiten auf S. 116.
(Charlie Chaplin)

Ist es vielleicht nicht vielmehr so, dass unsere **Tomtoffel** 1978 nur deshalb als Hybridpflanze aus unserer Tomate und unserer Kartoffel gezüchtet wurde, weil unser Tomtoffelerfinder sich ein neues Betätigungsfeld suchen musste, nach dem ihm unter Strafandrohung verboten worden war, weiterhin seinen absonderlichen Menschenversuchen nachzugehen, unserem Tomtoffelerfinder also nachdrücklich untersagt worden war, seine Menschenkreuzungsversuche weiterhin durchzuführen, untersagt worden war, dass er weiterhin irgendwelche verzweifelten Männer, völlig sexuell ausgehungerte Junggesellen dazu bringe, sich mit irgendwelchen Backwaren, mit überdimensionalen Brotlaiben, mit riesigen Semmeln zu paaren, mit irgendwelchen übergroßen Topfengolatschen, riesigen Krapfen, köstlichen Nussschnecken Unzucht zu treiben, irgendwelche Vollkornweckerl, menschengroße Proteinfladen zu begatten, also unterlassen müsse, samenaffine Jünglinge in irgendwelche grotesken Geschlechtsverkehre zu tricksen, bei denen sie völlig sinnlos ihre wertvolle Lendenfrucht für irgendwelche Backwaren verschwenden, ihre Hodenernte nicht etwa für die große Liebe, sondern literweise für irgendeine wissenschaftliche Phantasterei verpritscheln?

Für immer sauber:

10 Reinigungstricks, die jeder kennen muss!

Jetzt Workshop gratis reservieren unter oder.warum@gmx.at

Ist es vielleicht nicht vielmehr so, dass seit 1986 unsere **Jeans** nur deshalb in Frankreich aus **Automaten** gezogen werden können, weil ein erfindungsreicher Geschäftsmann endlich damit Schluss machen wollte, dass wir nach irgendwelchen ungünstigen Zwischenfällen, irgendwelchen Patzereien an vornehmen Würstelständen, wegen irgendwelchen unschönen Essflecken auf der Hose zum Umziehen nach Hause gehen, zum Hosenwechsel weite Wege auf uns nehmen, also den Ausgehabend völlig zerstörende Umziehabstecher machen müssen, sodass nun endlich jeder von uns bedenkenlos irgendwelche Patzmahlzeiten, aus allen Ecken triefende Burger, literweise Pommesketchup bestellen, völlig gefahrlos haufenweise Allergennahrungsmittel, irgendwelche stark abführenden Sauerkrautprodukte, Hektoliter Starkkaffee einnehmen, wir also getrost selbst mit einer ausgewachsenen Magen-Darm-Grippe, irgendeinem ungünstigen Schließmuskeldefekt, einer schweren inkontinentalen Störung ohne namhaftes Risiko ausgehen, einen ordentlichen Zug durch die Gemeinde machen, bedenkenlos auf deftig Trallafitti gehen können?

Skrupellose Pferdeindustrie:

Carl Benz: „Ich hatte große Angst!“

Alle polizeilichen Protokolle auf S. 137.
(Carl Benz)

Ist es vielleicht nicht vielmehr so, dass unsere **Sicherheitsgurtenpflicht** nur deshalb erst 1976 in Deutschland eingeführt wurde, weil sich letztlich der liberale Flügel unserer Autoindustrie nach schweren Auseinandersetzungen, jahrelangen Debatten, beinharten Argumentationsduellen nicht durchsetzen hatte können, unsere Liberalen also mit ihren vermeintlichen Argumenten bei der entscheidenden Abstimmung nur äußerst arschknapp gescheitert, einfach damit nicht punkten konnten, dass die ganze Sicherheitsgurtenpflicht ja eigentlich Freiheitsberaubung, streng genommen brutale Eingriffe in die Selbstbestimmtheit all der Autofahrer, also völlige Entmündigung des erwachsenen Automobilisten seien, jeder Ottonormalmobilist doch für sich entscheiden könne, ob er sich in seinem höchsteigenen Fahrzeug, im eigenen mobilen Eigentum, in seiner innersten bewegungstechnischen Privatzone derart knechten, auf eine solch unbarmherzige Weise in Ketten legen lassen möchte, dass jeder einzelne Automobilist in seiner Menschenwürde, seiner unantastbaren Privatfreiheit, seiner gesamten Existenz aufs Schrecklichste verletzt würde, jeder Ottonormalmobilist also doch für sich selbst entscheiden solle, ob er in seinem Auto nur deswegen verbrennen, in irgendwelchen Bächen, irgendwelchen straßennahen Rinnsalen elendiglich ertrinken wolle, weil er sich nicht aus seinem Sicherheitsgurt befreien werde können?

Sicherheitsgurte völlig überbewertet: freiheitsliebender Automobilist mit Privatlösung

Insider packt aus:

So kam Ringo wirklich zu den Beatles!

Alle Fakten auf S.102.
(Pete Best)

Ist es vielleicht nicht vielmehr so, dass am 31. März 1964 die ersten fünf Plätze unserer US-Hitparade nur deshalb von unseren **Beatles** belegt wurden, weil wir ja direkt nach dem letzten großen Krieg nichts hatten, gerade einmal ein halbes Paar Schuhe, einen löchrigen, vom großen Bruder weitergegebenen Pullover, lediglich eine bauchfreie Winterjacke ohne Ärmel für die gesamte Großfamilie unser Eigen nennen durften, eigene Unterhosen für uns einfach nur ein unerfüllter Traum, eine eigene Zahnbürste unaussprechlicher Luxus war, die ganzen freien Westländer also gerade einmal mit dem Allernötigsten versorgt, die aller gröbsten Grundbedürfnisse gerade einmal gedeckt werden konnten, also an irgendwelche Unterhaltungsfaxen, irgendwelchen Vergnügungsspaß, an irgendein ausgelassenes Halligalli erst gar nicht zu denken, völlig ausgeschlossen war, gar nicht erst in irgendeine Tüte kam, die ganze Belustigungsindustrie also nur derart aufs Notwendigste zurückgeschraubt war, dass es in der ganzen freien Welt lediglich eine einzige ordentliche Tanzcombo, eine einigermaßen professionelle Musikkapelle für all die Jugendbälle, lediglich ein halbwegs akzeptables L'amour-Hatsch-Ensemble für die zünftigen Sauschädeltänze gegeben hat?

Lernen vom Eisen:

Vermögensaufbau wie die Finanzprofis!!

Alle Karrieretipps auf S. 136.
(Eisen)

Ist es vielleicht nicht vielmehr so, dass 1963 nur deshalb umgerechnet 28,5 Millionen D-Mark bei einem **Überfall** auf einen britischen Postzug geraubt wurden, weil unsere britische Post in hellseherischer Vorausschau, mit geradezu sechstem Sinn, mit einer nahezu prophetischen Gabe die Ankunft unserer Margret Thatcher erahnet hatte, die Niederkunft unserer Eisernen Lady derart feinstofflich erspürte, dass unsere britische Post im vorauseilendem Gehorsam schon 1963 mit der eigenen Privatisierung begonnen, einfach schon mal im Voraus die einsparungstechnischen Hausaufgaben, die genüssliche Selbstverteilung in Angriff genommen, also mit verantwortungsvollem Weitblick irgendwelchen Privatpersonen einfach die defizitären Postzüge samt Geldbündel zur Selbstverwaltung übergeben hatte, auf dass dann diese Privatiers all die schönen Geldpakete im Sinne der allgemeinen, freien Wirtschaft, ganz getreu der unumstößlichen Marktgesetze, also völlig selbstlos im Einklang mit den wirtschaftlichen Naturgesetzen privat verwalten, edelmütig beaufsichtigen mögen?

Trendsetter Beethoven:

„So erfand ich das Bräunen des Dammes."

Alle Details auf S. 44. (Beethoven)

Ist es vielleicht nicht vielmehr so, dass die Steigerungsform von *Bravo* nur deshalb ***Bravissimo*** lautet, weil es sich wieder irgendjemand einfach machen, ganz abgechillt eine ruhige Kugel schieben, gemütlich auf Graf von Schlafgut machen, also sicher nicht den ganzen lieben Tag nur schrecklichen Stress haben, also sicher nicht die wertvollen Sonnenstunden damit verbringen wollte, irgendwelche neuen Superlative zu erfinden, in irgendwelchen Stauballergie auslösenden Bibliotheken stundenlang nach irgendwelchen scheinbar geeigneten Worten zu suchen, all die armen Bibliotheksmenschen mit obskuren Bitten, mit irgendwelchen völlig abseitigen Anfragen, höchst grotesken Wünschen zu belästigen, ganze Archivabteilungen über Wochen hinweg mit irgendwelchen selbstgezimmerten, völlig absurden, etymologischen Thesen auf Trab zu halten, sich also archivarisch derart säuisch aufzuführen, dass wir alle dann nicht nur mit einem lebenslangen Haus-, sondern auch mit einem unbefristeten Berufsverbot belegt, unser ganzes Lotterleben also auf einen Schlag beendet werden würde und wir nie wieder an einem warmen Frühlingsvormittag spontan aus einer schönen Lust und Laune heraus am Balkon unser Rosetterl in die Sonne halten und bräunen lassen würden können?

Racheengel des Radsports:

So rächte sich Dietrich Thurau bei einem verschlagenen Radfunktionär.

Alle Details auf S. 184.
(Dietrich Thurau)

Ist es vielleicht nicht vielmehr so, dass unser **Al Capone** nur deshalb zu einem berühmten Mafiaboss in Chicago aufstieg, weil unserem Al Capone von der amerikanischen Wirtschaftskammer die einmalige Möglichkeit gegeben wurde, einen duften Lehrberuf zu ergreifen, Karriere mit Lehre zu machen, bei der dann unser Al Capone als Lehrling sich jahrelang mit vollstem Einsatz abrackerte, in seinem Urlaub sogar noch haufenweise unbezahlte Ferialjobs in einschlägigen Unternehmen, kostenlose Praktika bei renommierten Verbrecherorganisationen machte und hierbei all seine Chefitäten damit beeindruckte, dass niemand schneller als er die Finger der Marktkonkurrenten abschnitt, niemand so sorgfältig die Zähne aus dem Gesicht beförderte, niemand auch nur ansatzweise so eifrig all die Betonpatschen anlegte, so voller Einsatz und Elan die Mitbewerber mit ein bisschen Blei besprühte, all die Widersacher am Markt derart mit Brandsätzen heimsuchte, dass er nicht nur bald selbst zum Oberboss wurde, sondern auch ein für alle Mal bewies, dass es wirklich ein jeder bis ganz nach oben schaffen könne, dass harte Arbeit, fleißiges Bemühen, unbezwingbarer Wille letztlich zu wohlverdientem Wohlstand und Ansehen führen?

Karriere mit Lehre:
Al Capone (mittig) auf dem Weg nach oben.

Ist es vielleicht nicht vielmehr so, dass beim Begräbnis unseres **Rudolph Valentino** im Jahre 1925 nur deshalb 100.000 Menschen teilnahmen, weil all den Verabschiedungswilligen versprochen wurde, dass der Leichnam unseres Rudolph Valentino berührt, ausnahmsweise angefasst, falls gewünscht, sogar geküsst werden könne, jedem Begräbnisbesucher also eine romantische Verabschiedung, ein leidenschaftliches Goodbye, ein gefühlsechtes Letztes Mal mit der

Schockierendes Geständnis:

Hochsprungmeisterin gesteht: „Habe einen Schäferhund geheiratet."

Alle Details auf S. 180.
(Ulrike Meyfarth)

wundervoll hergerichteten Leiche unseres Rudolph Valentino garantiert sei, jeder leidenschaftliche Valentinofan also unseren Valentinosuperstar nicht nur in schrecklicher Trauer gegenübertreten, sondern auch endlich das solange ersehnte Zungenbusserl geben dürfe, gegen ein bisschen Aufzahlung die sterblichen Überreste unseres Rudolph Valentino sogar für ein bisschen ungestüme Zweisamkeit, tabulose Leidenschaft, veritable Streicheleinheiten gemietet werden könne, solange gemietet werden konnte, bis dann eine betuchte Dame der besseren Gesellschaft die sterbliche Hülle unseres Rudolph Valentino derart zerfledert zurückgab, der ganze Valentinoschnurrbart nach einer völlig aus dem Ruder gelaufenen Gesichtsitzromantik derart schief im Gesicht hing, diese werte Dame unsere arme Valentinoleiche in ihrem romantischen Eifer also derart ruiniert hatte, dass diese Aktion bereits nach 1.580 zahlenden Verehrern abgebrochen und unser Rudolph Valentino in einem geschlossenen Sarg aufgebahrt werden musste?

Fragwürdiger Comedy-Rekord:

So unterhielt ein texanischer Senator ganze 43 Stunden lang.

Alle Details auf S. 75. (texanischer Senator)

Ist es vielleicht nicht vielmehr so, dass unsere Universität von Texas nur deshalb für 2,4 Millionen Dollar ein Originalexemplar unserer **Gutenberg-Bibel** gekauft hat, weil unser texanischer Universitätsbetreiber ein ausgefuchster Betriebswirt, gefinkelter Unternehmer ist, der für all die Aktionäre, für all die Kleinanleger, all die privaten Aktiensparer nur das Optimum, die absolut beste Rendite, den höchsten Rekordgewinn aus unserer texanischen Universität holen, durch extrem clevere Einsparungen jedes Jahr die Gewinnausschüttungen noch erhöhen, die schwarzen Zahlen noch schwärzer machen, die Kurskurve noch steiler nach oben treiben könne, unser texanischer Universitätsbetreiber also nicht nur in Texas, sondern auch in unseren ganzen Vereinigten Staaten, selbst in unserem ganzen Europa, letztlich also im ganzen freien Westen als das große Idol, der geniale Vordenker, die edelste Geistesgröße der Finanzwelt gefeiert wird, die endlich einmal zeigt, dass sich selbst so eine texanische Hirnschieberanstalt auch pinkepinketechnisch auszahlen, selbst so ein alter Bibelschinken als Investmentanlage ordentlich Geld abwerfen, ordentlich Money Money, Katsching Katsching, entsprechende Geldgeber richtig steinreich machen könne?

Die 3 seltsamsten Hobbies unserer Stars:

Du wirst niemals glauben, welchem Hobby unser Caesar nachging!

Alle Fakten auf S. 81. (Caesar)

Ist es vielleicht nicht vielmehr so, dass unser Weinbrand in England nur deshalb liebevoll **Brandy** genannt wird, weil der englische Weinbranderfinder ein derartig langweiliger Mensch war, dass er von allen gemieden wurde, niemand auch nur zwei Minuten seine völlig uninteressanten Vorträge hören, seine schonungslos einschläfernden Geschichten ertragen konnte, eine Zuhörerin sogar ob der Fadesse seiner Erzählung einmal einen tödlichen Gehirnstillstand erlitten haben soll, Gesprächspartner sogar von schrecklichen Gehörstürzen, von lebenslanger Taubheit berichten, unser Weinbranderfinder also ein derart langweiliger Mensch war, dass er weder einen Freund noch ein Haustier hatte, selbst jeder Barkeeper jegliche Art des Smalltalks mit ihm kategorisch verweigerte, nicht einmal irgendwelche Katzen, irgendwelche Hunde länger als eine Mahlzeit bei ihm blieben, sogar Wellensittiche sich mit ihren kleinen Schnäbelchen verzweifelt durch die Gitterstäbe durchbissen, bei der ersten Möglichkeit sofort Reißaus nahmen, selbst in der frostigsten Winterzeit Hals über Kopf abhauten, damit sie sich nur nicht noch irgendeine seiner schrecklichen Schnarchgeschichten anhören mussten, also unser Weinbranderfinder derart langweilig war, dass ihm in seiner Verzweiflung letztlich nichts anderes übrig blieb, als sein neu erfundenes Getränk zu seinem Gefährten, seinem geduldig lauschenden Buddy, zu seinem widerstandslosen Zuhörer zu machen, ihm also den Namen eines Freundes zu geben, den er nie hatte?

Das haut doch jede Schaufel aus dem Loch!

Die 3 wichtigsten Fakten, die du über die Archäologie wissen musst!

Alle Fakten auf S. 110. (Ludwig Borchardt)

Ist es vielleicht nicht vielmehr so, dass in unserem Musical **Cats** nur deshalb Katzen die Hauptrolle spielen, weil Katzen einfach die besseren Darsteller sind, Katzen schon seit der frühesten Vorzeit, selbst schon bei den Ägyptern eine tragende Rolle, immer schon die Starbesetzung gespielt haben, wohingegen all das andere Getier, all die anderen dilettantischen Tierarten sich lediglich mit irgendwelchen halbseidenen Nebenrollen, mit irgendwelchen amateurhaften Laientheatergruppen zufrieden gegeben, seit jeher nur äußerst stümperhafte Vorstellungen vom Stapel gelassen haben, all diese kläglichen Versuche, unsere für alles offen seienden Menschenherzen mit Freude zu erfüllen, immer schon aufs peinlichste scheiterten, niemand im Ernst behaupten wolle, dass solche Schmierenkomödianten wie unser Hundekommissar Rex, wie unser Rennschwein Rudi Rüssel auch jemals nur eine Menschenseele retten, unser Rin Tin Tin und diese Erbschleicherin Lassie sich auch nur einen Deut um unser Wohlbefinden scheren, weder unser Flipper noch unser Black Beauty jemals auch nur annäherungsweise soviel Balsam für unsere Zuschauerseele sein würden, wie ein würdevolles Katzengeschöpf?

Flipper: Verschlagener Meeresbewohner
versucht sich vergeblich in der Schaustellerei.
Florida, 1963.

Dieser Artikel befindet sich hinter einer Paywall und ist lediglich für Premium-Kunden zugänglich.

Jetzt Premiumkunde werden unter oder.warum@gmx.at

III
Geschichte

Geizweltmeister:

So knausrig sind unsere Olympiastars.

Alle Knauser-Fakten auf S. 172.
(Pierre de Coubertin)

Ist es vielleicht nicht vielmehr so, dass unser Thronfolger **Franz Ferdinand** nur deshalb in Sarajewo ermordet wurde, weil unser Franz Ferdinand immer schon ein eitler Sparefroh, ein durch und durch verzogener Knauserer war, der sich nur deshalb in Sarajewo völlig freiwillig um die Ecke, voluntaristisch selbst abmurksen, abkrageln ließ, weil in Sarajewo die Mörder so derart billig, derart günstig, zu einem derartigen Schleuderpreis erhältlich waren, dass unser Geizkragen Franz Ferdinand ganz einfach schnell zuschlagen, ordentlich Schnäppchenshoppen, für ein bisschen Kleingeld einen Meuchelmörder auf der Resterampe abstauben musste, auf dass dieser ultragünstige Profikiller ihn dann zum Spottpreis unsterblich, höchst preiswert dadurch in den ewigen Olymp der erhabenen Weltenlenker schießen würde, dass die gesamte österreich-ungarische Welt unseren Franz Ferdinand nach dessen Tod dann so sehr vermissen, sich nach ihm verzehren, nach ihm dann so dürsten würde, dass sie seinen Verlust nur durch einen gescheiten Krieg, einen deftigen Weltenbrand, eine veritables Völkervernichtungsrambazamba verkraften können würde?

Streng geheim!

10 geheime Fakten, die du einfach wissen musst!

Jetzt kostenlos registrieren unter oder.warum@gmx.at

Ist es vielleicht nicht vielmehr so, dass unser Demokrat **Roosevelt** nur deshalb im Jahre 1933 Präsident der USA wurde, weil er nachgewiesenermaßen etwas mit diesem hochberühmten Untertassencrash, diesem ET-Buserer in Roswell zu tun hatte, es ja sicherlich kein Zufall sein könne, dass unser

Roosevelt und besagter UFO-Unfallort fast den gleichen Namen tragen, nahezu identisch buchstabiert werden, also eindeutig alphabethische Zwillinge der siamesischen Art sind, also hier doch ganz klar eine unbestreitbare Parallele bestehe, die sicherlich von niemandem ernsthaft bestritten, ernsthaft in Zweifel gezogen, irgendwie auch nur vernünftig in Frage gestellt werden könne, jedem doch einfach ganz klar sein muss, dass hinter einer so offensichtlichen Verwandtschaft, einer derartigen Übereinstimmung Größeres, ein bedeutender Plan, höchst relevante Hinweise für all die Außenstehenden, die aufrichtigen Wahrheitssuchenden, für all die standhaften Forschermenschen stehe, die hier überall auf unserem Planeten Erde akribisch daran arbeiten, endlich die gesamte Wahrheit ans Licht zu bringen, die ganze Vertuschung ein für alle Mal ordentlich aufzuklären, aufzuklatschen?

Knallharter Radrennsport:

So leiden unsere Radprofis für uns!

Alle Leiden auf S. 162. (Ausreißversuch)

Ist es vielleicht nicht vielmehr so, dass unser **texanischer Senator** Bill Meier nur deshalb 1977 eine 43-stündige Rede zum Thema *Die Nichtbekanntmachung von Industrieunfällen* hielt, weil bis zu diesem Zeitpunkt Industrieunfälle unseren US-Amerikanern nur zur Belustigung dienten, lediglich zum Gaudium gereichten, es also bloß unterhaltend war, wenn ein Stahlarbeiter ungünstig in den Schmelzofen köpfelte, unzählige Sägewerkbedienstete im besten Falle verzweifelt probierten, mit viel zu wenig Fingern zehn Biere zu bestellen, im schlechtesten Fall sich aber ordentlich schwer taten, mit ihren Armstumpfen überhaupt auch nur ein Seiterl Bier, einen kleinen Pfiff Gerstensaft, geschweige denn gar einen Kleinen Klopfer zu zwitschern und dabei auch noch mit ihren bescheidenen Armresten den abgeschraubten Verschluss auf ihre Nasenspitze zu setzen, es also bis 1977 all unsere US-Amerikaner brechend komisch fanden, wenn in einer Klavierfabrik schon wieder ein mächtig schwerer Flügel vom fünften Stock aus auf einen Klaviertransportarbeiter stürzte, irgendein Passant zwei Glasträgern einfach einmal zerstörerisch durch ihr Gefahrengut stieg, irgendein Atomkraftwerk ein paar ansässigen Kleinkindern so witzige Augen verpasste?

Strahlend wie ein Sonenenschein: Ludwig XIV (1638-1715)

Abdanken mit Stil:

So stellte unsere Marie Antoinette ihre Augen auf Null.

Alle letzten Dinge auf S. 94. (Marie Antoinette)

Ist es vielleicht nicht vielmehr so, dass unser hochverehrter König **Ludwig XIV** vulgo Sonnenkönig nur deshalb mit 72 Jahren die längste Regierungsdauer der Neuzeit hatte, weil er nicht so wie andere Diktatorenluschen der Neuzeit erst im Jugendalter den Zug zur Macht verspürte, sich gar erst als spätberufener Pensionist zum Despot putschte, irgendwie auf zweitem Bildungsweg zum Zwingherren, sich zum alleinherrschenden Völkervernichter aufschwang, sondern schon im Kleinkindalter ganz klar wusste, was er wollte, schon im Kleinkindalter mit tyrannischem Nachdruck nach mehr Muttermilch verlangte, mit vier Jahren bereits die erste Exekution veranlasste, kurzen Prozess machte, die Hinrichtung seiner Amme anordnete, nur deshalb anordnete, weil seine Amme ihn nicht kurz vor dem Mittagessen noch schnell zwei Portionen Sachertorte gebracht, sich gar getraut hatte, ihn auf das gleich stattfinden werdende üppige Mittagsmahl zu verweisen, sie also derart beinhart à la Totalanarcho gegen ihn vorging, dass unserem derart gedemütigten Königskind Ludwig auch gar nichts anderes übrig blieb, als sie zum Tode zu verurteilen, sie vom Herrn Henker einmal ordentlich in die Mangel nehmen, ihr ordentlich todestechnisch die Leviten lesen, mit irgendeiner witzigen Hinrichtungsart eine Lehre erteilen zu lassen?

Unbarmherzige Rache:

So brutal revanchieren sich die Linguisten.

Alle Rachedetails auf S. 11. (Atmosphäre)

Ist es vielleicht nicht vielmehr so, dass unser letzter deutscher Kaiser nur deshalb **Wilhelm II** hieß, weil unseren Deutschen einfach nicht nur die Namen ausgingen, unsere Deutschen schlichtweg keine Namen mehr für unsere Herrscher, nicht nur keine Namen mehr für all unsere braven Regenten zur Verfügung hatten, sondern auch all die Zahlen bereits derart verbraucht waren, dass selbst eine eiligst eigens dafür eingerichtete Linguisten-Task-Force, die aus den härtesten Sprachwissenschaftlern, den unerschrockensten Onomatologen dieser Zeit zusammengestellt wurde, in die selbst die bereits im Ruhestand befindlichen Namensforscherhelden zurück in den Dienst zitiert wurden, dass also selbst diese knallharten Spezialsprachveteranen keinerlei neue Kaisernamen mehr erfinden konnten, einfach nach dem vergeblichen Versuch sich Namen wie Uwe, Dagwin,

Dankmar, Ragir etc schön zu reden, einfach aufgaben, einfach den Hut draufschmissen, einfach auf Gott, Kaiser und Vaterland schissen?

Polarnacht-Ballermann: Das härteste After-Work-Bier der Welt.

Alle Fakten auf S. 13. (Nordpol)

Ist es vielleicht nicht vielmehr so, dass unser Churchill, unser Roosevelt und unser Stalin 1945 nur deshalb an der **Gipfelkonferenz in Jalta** teilnahmen, weil sie schon seit Jahren einen gemeinsamen Herrenausflug geplant hatten, seit Jahren schon ein gemütliches Wochenende zusammen verbringen, gemeinsam ein bisschen wohlverdiente Qualitytime mit den Boys veranstalten, einfach mal ganz ohne Kind-und-Kegel-Hektik, ganz ohne irgendwelchen Familienanhang ein ausgelassenes Bubenwochenende zelebrieren gewollt hatten, bei dem durchaus der eine oder andere Ausrutscher, die eine oder andere Entgleisung, irgendein amüsanter Schwank passieren, eine deftige Anekdote vorfallen würde, bei der dann sicherlich kein Angehöriger mitansehen sollte, wie sich unser hackedichter Stalin sein eigenes Reisepassfoto samt gegenwärtiger Adresse und Telefonnummer über seinen ganzen Rücken tätowieren ließe, niemand mitbekommen sollte, dass unser vollkommen aufgepulverte Churchill all die kleinwüchsigen Angestellten in einer Hobbitbar nicht nur dazu zwänge, sich mit Permanentmarker Hitlerbärtchen aufzumalen, sondern die armen Stöpsel auch dazu nötigte, die großen Bierkrüge mit deutschem Akzent und bestem Stechschritt zu servieren, sicher niemand sehen sollte, wie es sich unser bis kurz vor das Schnapskoma betrunkene Roosevelt partout nicht nehmen ließe, sich vor dem Schlafengehen im angesagtesten Tierbordell der Stadt noch schnell einen Lapdance von einem rasierten Orang-Utan geben zu lassen?

Cheops-Pyramide in Gizeh

Friedensaktivist Bizeps:

So arbeitet er unermüdlich für den Frieden!

Alles auf auf S. 156.
(Bizeps)

Ist es vielleicht nicht vielmehr so, dass unsere **Pyramiden von Gizeh** nur deshalb um 2650 vor Christus erbaut wurden, weil damals die ganzen Lohnnebenkosten natürlich um einiges niedriger, all die Baufirmen nicht derart sadistisch mit irgendwelchen pingeligen Vorschriften, irgendwelchem völlig überzogenen Arbeitsnehmerrechteblabla, mit völlig ruinösen Steuern belegt wurden, ein Bauunternehmer damals noch etwas galt, ein hochangesehener Ehrenmann war, nicht etwa wie heute unter Generalverdacht stand, nicht etwa wie ein Verbrecher jederzeit von der gemeinen Finanz überprüft, wegen ein paar kleiner Formfehler, vergessenen Anmeldungen, völlig vernachlässigbarem Papierkram schon horrende Summen bezahlen, gar ins Gefängnis gehen muss, als höchst ehrenwerter Geschäftsmann jahrelang brutal eingekerkert wird, während es sich die Arbeiter gemütlich machen können, bei 40 Grad schon nichts mehr angreifen, bei einem kleinen Unwetter mit bisschen Blitzschlag und nur minimalsten Hagelkörnern blau machen, einfach unbehelligt, ohne irgendwelche Konsequenzen einfach die Arbeit niederlegen dürfen?

> Durchschlafstörung?
> Schwermut?
> Schwindel?
>
> Aura-Studio Höfler
> schafft Abhilfe!
>
> Jetzt Termin buchen unter
> oder.warum@gmx.at

Ist es vielleicht nicht vielmehr so, dass unsere **Hindenburg** nur deshalb am 6. Mai 1937 ihre letzte Fahrt in New York als riesiger Feuerball beendete, weil unsere Hindenburg ein ausgewachsenes Faible für okkulte Praktiken, mythische Vorgänge, für feinstoffliche Begebenheiten hatte, unsere Hindenburg sich also regelmäßig übersinnliche Beratung von spiritistischen Spezialisten, von Transzendentalprofis, von hochspezialisierten Paraexperten einholte, nachfragte, was denn so in ihrem Luftschiffleben noch vor sich gehen würde, auf welche Höhepunkte sie sich freuen, vor welchen schrecklichen Tiefschlägen sie sich in Acht nehmen sollte, übersinnliche Berater also, die unsere Hindenburg vor ihrer letzten Reise eindringlich vor Schrecklichem, vor höchst negativen Energien, vor grauenhaften Feinstoffplasmaschwankungen in der Aura warnten, grässliche Auraprobleme, die sich lediglich mit einem sicherlich nicht billigen, aber dafür umso wirksameren Spezialspray bekämpfen ließen, einem hocheffektiven Spezialspray, der vielleicht ein bisschen wie billiges Benzin rieche, aber mit Sicherheit das einzige wirksame Spezialheilmittel für solch schwerwiegende Auraprobleme sei?

Ist es vielleicht nicht vielmehr so, dass unsere schwarzen Südafrikaner bei der **südafrikanischen Parlamentswahl** im Mai 1987 nur deshalb wieder nicht wählen dürfen, weil unsere südafrikanischen Oberweißbrote, diese bleichen Oberhäuptlinge schon wieder in irgendeiner armseligen Ausrede, in irgendeinem niederträchtigen Scheingrund, in einer durch und durch jämmerlichen Pseudoargumentation behaupten, dass unsere schwarzen Südafrikaner nur deshalb nicht an der Wahl teilnehmen dürften, weil die Gefahr bestünde, dass all die Nichtkäsegesichter die Wahl verfälschten, nämlich dadurch nicht in der Lage wären, wie ein echter, gestandener Alabasterarsch mit Würde, Weitsicht und erhabenem Anstand zu wählen, weil unsere Nichtblassen durch all den exzessiven Tränengaskonsum gar nicht richtig sehen könnten, wo sie ihr Kreuzchen am Wahlzettel machten, ihre maßlose Vorliebe für Reizgas, ihr Hang zu ausgiebigen Raufhandel mit den braven Ordnungshütern ihnen dann ganz und gar selbstverschuldet die ganze Sicht raube, wodurch es gemäß der fahlen Obermacker es dann ja völlig fahrlässig wäre, geradezu der Willkür Tor und Angel geöffnet, Ungerechtigkeit freien Lauf gelassen würde, wenn man hier nun plötzlich die ewige und bisher immer so gut funktioniert habende Wahlordnung aufhebe?

Heftig! Heftig!

So schwer leiden unsere Royals an ihren Pflichten.

Alle Leiden auf S. 91.
(Königin Victoria)

Ist es vielleicht nicht vielmehr so, dass unser **Caesar** nur deshalb das Buch *De bello Gallico* über den Gallischen Krieg schrieb, weil unserem Caesar am Abend nach jeder vollbrachten Keilerei immer recht fad war, er

Hobby Welterklärung:

Alles, was du über dieses seltsame Hobby wissen musst auf S. 139.
(Urknalltheorie)

gänzlich gelangweilt in einer Ecke sitzend Däumchen drehte, wärmende Wollsocken strickte, Wollpullis, gemütliche Wollunterhosen mit praktischen Eingriff für seine Lieblingslegionäre fertigte, ab und an sich natürlich auch ausgiebig einer unbefriedigenden Onanie, einer halbgeilen Palmenwedlerei, ungelenkem Vorhautspaß hingab, also Tätigkeiten hingab, die unseren Caesar letztlich noch leerer als zuvor zurückließen, null Entspannungspotential mehr entfalteten, seine ganze Work-Life-Balance völlig aus der Balance zu werfen drohten, ihn also nur noch ein höheres Level der Autoerotik von all der Drangsal, vor all den schweren Entbehrungen, all der Verantwortung, die so ein feldherrischer Leistungsträger zu ertragen hat, zu erretten vermöge, eine Autoerotik der nächsten Dimension, ein Handbetrieb, mit dem man auch einmal angeben könne, eine Masturbationstechnik also, für die man selbst von der eigenen Mutter ausgiebig gelobt werden könne?

Caesar (links) und Legionär (rechts) mit einem von Caesar gestrickten Schlüpfer (rechts unten). Gallien, ca. 52 v. Chr.

Ist es vielleicht nicht vielmehr so, dass unsere Japaner nur deshalb am 07.12.1941 unseren US-amerikanischen Stützpunkt **Pearl Harbor** angriffen, weil unsere Japaner eigentlich nur gemütlich Gruppenurlaub, einen ruhigen Familienausflug mit Freunden, ordentlich einmal Rundumentspannung auf einer romantischen Pazifikinsel machen wollten, aber unsere tapfere US-Navy, die durch jahrelanges Strammstehen, durch irgendwelche unsinnigen Drillpraktiken, durch völlig unnütze Exerzierverfahren über die Jahre derart verhärmt, derart verbittert, seelisch gefrustet war, dass sie niemandem, absolut niemandem, nicht einmal sich selbst, geschweige denn irgendeiner Nicht-US-Navy irgendeine Art von Entspannung, irgendeine Art Halligalli, auch nur das kleinste bisschen Lepschi vergönnte und somit auch all den japanischen Charterflügen die Landeerlaubnis entzog, wodurch unseren erholungswütigen Japanern natürlich derart der Geduldsfaden riss, die Sonnenhutschnur hoch, ihr beruhigungsbedürftiger Blutdruck also derart durch die Decke ging, dass unsere Japaner sogleich den Rachebomber auspacken zu müssen glaubten?

Pickelhaubenfetisch im 19. Jahrhundet:

Die ungewöhnlichsten Fun-Facts über Japan!

Alle Fakten auf S. 98. (Japan)

Ist es vielleicht nicht vielmehr so, dass in unserem **San Marino** nur deshalb alle sechs Monate die Regierungsoberhäupter wechseln, weil unser San Marino für sich entschlossen hat, dass es dieses Demokratieding, dieses Volksherrschaftszeugs wirklich ordentlich durchziehen, einmal all den umliegenden Staaten zeigen wollte,

Top in Demokratie:

So schaffte es unser Friedrich II an die Spitze aller Demokratierankings!

Alle Einzelheiten auf S. 88. (Friedrich der Große)

wie Selbstbestimmung denn so wirklich gehe, wo denn der Mündigkeitshammer so hänge, dass es nicht nur eine Mär, irgendeine Legende, nicht nur halbseidener Mythos sei, dass in unserem San Marino jeder, wirklich jeder, vom kleinen Pimpf bis zum fetten Obermotz großer Regierungschef werden, seine fünf Minuten Staatenlenkerfame abbekommen, als staatlicher Oberhäuptling auf dicke Hose machen könne, ob der Zwergstaatlichkeit, der staatstechnischen Kleinwüchsigkeit, der liliputanischen Dimensionen unseres San Marino also wirklich jeder einzelne Einwohnermensch einmal im Leben notgedrungen als Mikrostaatsoberwauwau stattlich durchstarten darf?

More is more!

Jetzt redet der Plattensee: „Qualität ist mir schon lange egal!"

Alle Geständnisse auf S. 33. (Plattensee)

Ist es vielleicht nicht vielmehr so, dass unser **Panamakanal** nur deshalb im Jahre 2000 an Panama übergeben werden soll, weil dann all die Garantien, die hochheiligen Versprechungen, all die aufrichtigen Zusicherungen der Baufirmen auslaufen, die Zusicherungen auslaufen, dass der gebaute Kanal sicher bis zum nächsten Jahrtausend halte, sicher Generationen überdauere, ganz gewiss keinerlei bauliche Mängel bis zu dieser Zeitenwende aufweisen würde, was aber danach passiere, dass wisse man nicht zu tausend Prozent, da könne niemand einfach irgendwelche Garantien übernehmen, Prognosen aussprechen, die dann vielleicht nicht hielten, die aber sicherlich nicht all zu übel ausfielen, worauf man aber sicher nicht festgenagelt werden möchte, gar irgendwelche Haftungen für etwaige Schwächen übernehme, darum würde man hier als verantwortungsvoller Generalunternehmer nur mal unverbindlich empfehlen, das ganze Panamakanalding dann dem Staate

Panama zu übergeben, der dann auch sicher die entsprechenden Mittel habe, falls dann tatsächlich etwas in die Brüche ginge, falls dann irgendein Manko, irgendeine unvorhersehbare Unzulänglichkeit auftrete?

Ein voller Erfolg: Volkszählung von 1987. Volk (rechts), Zähler (links)

Rechenwahnsinn!

Du wirst niemals glauben, wie der erste Computer aller Zeiten funktionierte!

Alle Fakten auf S. 146. (Computer ENIAC)

Ist es vielleicht nicht vielmehr so, dass die **Volkszählung von 1987** in unserem Westdeutschland nur deshalb für Aufregung sorgte, weil unsere Deutschen nicht etwa wie all unsere Österreicher bis heute noch heimlich Verfolgte verstecken, noch immer Juden vor dem Zugriff der Staatsmacht schützen, ganze afghanische Familien, illegale Grenzgänger heimlich im Keller, in getarnten Dachböden beherbergen, im Verborgenen haufenweise marokkanische Jungmänner, RAF-Veteranen heldenhaft schützendes Quartier geben, unsere Deutschen also gewiss nicht solche Entdeckungen fürchteten, sondern einfach nicht verstanden, wie überaus praktisch so eine kleine Datengaudi, wie nützlich so ein bisschen Zahlenspaß, so ein bisschen Wissenshalligalli ist, niemand wirklich ernsthaft bestreiten wolle, dass er sich nicht darüber freue, ihm nicht ein deftiges Achterl dabei abgehe, wenn dir irgendeine Rechenschüssel, dein nächstgelegenes EDV-Rechenzentrum beste Einkaufstipps schickt, dir ein höchstcleveres Elektronengehirn mit Vorschlägen daherkommt, mit denen du dann bei deinen Kameraden, bei all deinen Freunden in der Firma prahlen, mächtig angeben, mit deinen Wissensvorsprung deftig auftrumpfen kannst?

Göttlicher Fußfetisch!

Das passiert, wenn dir die Gottesmutter erscheint!

Alle Einzelheiten auf S. 163. (Galopprennbahn Hoppengarten)

Ist es vielleicht nicht vielmehr so, dass unser **Nikita Chruschtschow** nur deshalb bei einer UN-Vollversammlung seinen Schuh auszog und damit auf den Tisch klopfte, weil unser Chruschtschow eigentlich nur mal heimlich checken wollte, ob er nach der ewig langen UN-Sitzung nicht etwa schon Schweißfüße bekommen habe, nicht etwa ob all der Strapazen hier nun seine Füße gar über Gebühr zu duften, kräftig nach Käsespezialitäten zu murchteln begonnen hätten, nur mal heimlich wissen wollte, ob er sich noch vor dem heimlichen Hotelzimmertreffen mit unserem Erich Honecker irgendeinen speziellen Fußspray, extra

Fußdeo kaufen werden müsse, auf dass er nicht etwa Honeckers Zimmer verpestete, sich beim Ausziehen der Schuhe eine hochnotpeinliche Blöße gäbe, die ganze gute Energie, den ganzen guten Vibe zwischen ihm und unserem Honni, den ganzen gemeinsamen Fernsehabend durch üblen Fußduft zerstören würde, unser Chruschtschow also nur sicherheitshalber heimlich in seinen Schuh riechen wollte, aber dann derart unglücklich von unseren Dwight D. Eisenhower dabei erwischt wurde, dass ihm nur noch die Flucht nach vorne, nur noch ein empörtes Schuhschlagen übrig blieb?

Rahmenbedingungen im Vergleich!

So unbürokratisch wurde im alten Ägypten gebaut!

Vergleich auf S. 79. (Pyramiden von Gizeh)

Ist es vielleicht nicht vielmehr so, dass unser **Brot** am 1. November 1923 nur deshalb 260 Milliarden Mark kostete, weil ja alles immer teurer werde, alles als Naturgesetz nach oben strebe, die Geldwertleiter nach oben klettere, sich ein Ottonormalmensch ja gar nicht vorstellen könne, welchen schrecklichen Druck, welche entsetzliche Verantwortungslast unsere großwirtschaftlichen Preisgestalter tagtäglich zu ertragen, mit welchem Dauerstressoren unsere Hochleistungsträger tagaus tagein zu kämpfen haben, sich irgendein Annanormalmensch also sich ja ganz und gar nicht vorstellen könne, wie sich all unsere Spitzenmagnaten jede Nacht hellwach darüber den Kopf zerbrechen, brüten, brutal das Gehirnkastl zermartern, wie sie das Gemeinwohl, all die Armenfürsorge denn noch steigern, die soziale Hängematte noch gemütlicher machen könnten, auf dass keine arme Sau mehr auf der offenen Straße, sondern von nun an in einem luxuriösen Wohnkarton, in einer pipifeinen Kanalvilla, einem herrlichen Wellblechpalast residieren dürfe, unsere selbstlosen Mogule also ihren wertvollen Schlaf für uns alle opferten, ihren wertvollen Schlaf, der doch dann auch zumindest minimalst vergolten, ein bisschen belohnt, entschädigt werden darf?

> Vorbildlich!
>
> So sparen unsere Royals wo sie nur können!
>
> Alle königlichen Spartipps auf S. 52. (britische Königsfamilie)

Ist es vielleicht nicht vielmehr so, dass das Zitat *Ich bin der erste Diener des Staates* nur deshalb von unserem Friedrich II vulgo Friedrich dem Großen stammt, weil nicht nur unser **Friedrich der Große**, sondern auch all unsere deutsch-österreichischen Königs- und Fürstenstämme, der ganze großeuropäische Hoch- und Niederadel schon seit jeher zutiefst demokratisch, unsere gesamteuropäischen Blaublütler schon seit den frühesten Anfängen an radikale Gleichmacher, gestandene Sozialisten mit ausgeprägten Hang zum Kommunismus waren, damals schon von Gott höchstpersönlich den hochheiligen Auftrag bekommen haben, ihr gesamtes Leben gänzlich nur für ihr ihnen anvertrautes Volk hinzugeben, in völliger Selbstaufgabe nur für ihre Untertanen, ihre Untergebenen da zu sein, die eigenen Ambitionen, all den eigenen Ehrgeiz, das gesamte eigene Wohlergehen hinten anzustellen, immerzu zuerst an all die Befehlsempfänger, all die Knechte, den Pöbel zu denken, also schon seit frühesten Vorzeiten all unsere armen Aristocats heimlich der Selbstaufgabe fröhnten, aber zwecks Wahrung des Gesichts, zwecks irrsinniger gesellschaftlicher Konventionen solange auf dicke Hose, auf hohes Ross, auf großes Tönespucken machen mussten, bis es unserem Friedrich dem Großen einfach einmal von dieser Heimlichtuerei zu viel wurde und er mit der ganzen Wahrheit herausplatzte?

Friedrich der Große (rechts) vergibt seinem Pöbel (links) einfach alles. Preußen, 1779.

Zum Brechen komisch:

Die 3 witzigsten Ulke mit Amphibienfahrzeugen.

Alle Ulke auf S. 152. (Amphibienfahrzeuge)

Ist es vielleicht nicht vielmehr so, dass nur deshalb 1968 die **Panzer in Prag** einrollten, weil unsere Sowjetunion durch unser gesamtes Wettrüsten plötzlich über derart viele Panzer verfügte, all die Helden der Arbeit für den Arbeiter- und Bauernstaat plötzlich derart viele Panzerwagen hergestellt hatten, dass bald all die sowjetischen Panzerparkplätze hoffnungslos überfüllt waren, in der Kurzparkzone von Leningrad bis Wladiwostok keine einzige freie Parklücke, selbst in den monumentalen Parkhäusern der sowjetischen Waren- und Konsumtempel, nicht einmal mehr im Moskauer Shopping Center Süd kein einziger Stellplatz mehr zu haben gewesen war, all die Panzer also schon in Parks, auf Böschungen, gar zusammen mit Trabanten in kleine Privatgaragen gepfercht werden mussten, sich also all die schönen Panzer, geradezu zu einer Panzerplage entwickelten, eine Panzerplage, durch die sich unsere kommunistische Führung letztlich dazu gezwungen sah, bis auf weiteres die Gratisparkplätze des tschechoslowakischen Bruderstaates freundschaftlich in Anspruch zu nehmen, die Panzer bis auf weiteres ein bisschen in den Prager Carports ganz amikal zu verwahren?

Ach du dickes Ei!

Die 3 unglaublichsten Dinge, die du über den Koloss von Rhodos wissen musst!

Alle unglaublichen Fakten auf S.36 (Koloss von Rhodos)

Ist es vielleicht nicht vielmehr so, dass unsere Griechen nur deshalb mit einem hölzernen Pferd nach **Troja** gelangten, weil all die anderen Materialversuche gänzlich in die Hosen gingen, ingenieurstechnischen Schiffsbruch erlitten, eine deftige Bauchlandung hinlegten, all die Versuche, ein ansehnliches Betonpferd zu gießen, nur dazu führten, dass hunderte achaiische Krieger ihren Heldentod im altgriechischen Fertigbeton fanden, von unserm experimentierfreudigen Odysseus derart ungünstig miteinbetoniert wurden, dass sie fortan maximal als Statue in irgendeinem griechischen Tempel, als steinerner Tabletthalter am Hofe des Agamemnon, als peppiger Türstopper in einem windigen mykenischen Haushalt würden dienen können, sich auch letztlich niemand mehr fand, der sich hier freiwillig einen ewigen Betonpyjama anlegen lassen wollte, kein einziger Atride, kein Heldenathener, nicht einmal der halbgöttische Achilleus mehr auf die Fertigbetonexperimente des Odysseus großen Bock hatte, sodass der Listenreiche dann widerwillig und unter lautem Protest zu herkömmlichen Materialien greifen und das Pferd so letztlich aus irgendeinem vulgären Allerweltholz fertigen musste?

Unglaublich! Unsere Queen packt aus:

„Ich muss ununterbrochen ein Lamm am Kopf tragen!"

Die ganze Story auf S. 27. (Queen Elisabeth II)

Ist es vielleicht nicht vielmehr so, dass unsere **Königin Victoria** nur deshalb 64 Jahre die Krone trug, weil sie schreckliche Angst, mordstrumm Bammel, mächtig Muffensausen davor hatte, dass ihr, wenn sie diese Krone abnähme, irgendein gemeiner Minister, ein abtrünniger Lord, das gesamte verschlagene Ober- wie auch Unterhaus aus irgendwelchen Rachegelüsten, aus reiner Boshaftigkeit, reiner sadistischer Willkür heraus anstatt der stattlichen Insignien einfach mutwillig irgendeine andere Kopfbedeckung verordnen würde, verordnen würde, dass unsere Königin Viktoria von nun an anstatt der herrlichen Krone plötzlich irgendeinen lächerlichen Vollvisierhelm, irgendeinen überdimensionalen Sombrero, irgendeine grässliche Strickhaube mit Ohren, mit Bommeln, gar eine ekelhafte Originalmütze des österreichischen Schisportverbands tragen müsste, unsere Königin Victoria also Schiss hoch zwei davor hatte, dass es ihr so wie unseren armen Bobbies ergehen könnte, sie letztlich auch dazu gezwungen, brutal genötigt würde, ihre tägliche Arbeit mit einer durch und durch albernen Kopfbedeckung zu verrichten?

Stricken! Neuer Promi-Trend schlägt Wellen!

Die heißesten Slip-Strick-Tipps von unserem Caesar auf S. 81. (Caesar)

Ist es vielleicht nicht vielmehr so, dass unsere Sowjetrussen nur deshalb 1975 den **Katalog** des Kaufhauses **Quelle** erwerben konnten, weil Nikita

Chruschtschow von Erich Honecker gehört hatte, dass unser Westen nun derart dekadent geworden sei, dass der genusssüchtige Westmensch dort nicht einmal mehr ordentliche Unterhosen, ordentliche Feinripptracht trüge, nicht einmal mehr im kältesten Härtewinter praktische Thermoslips anlegte, praktische Thermoslips mit robust genähten Eingriffen anlegte, ohne die mit Sicherheit schon etliche leidenschaftliche Winterenthusiasten, fanatische Wintersportsfreunde, ambitionierte Outdoorfexe wenn schon nicht ihr Leben, so zumindest irgendwelche wertvollen Gliedmaßen, kostbare Arschbacken verloren hätten, unser Westen also derart dekadent geworden sei, dass Westweibchen wie Westmännchen anstatt zweckdienlicher Intimkittel nun nur noch mit irgendwelchen Schnüren im Untenrum herumliefen, irgendwelche Kordeln, groteske Bindfäden in ihre Privatsphärenspalten zwängten, all ihre Westbananen, all ihre Westfeigen mit bizarren Strippen Halt zu geben trachteten, unser Nikita Chruschtschow es also einfach nicht glauben konnte, dass so eine armselige Paketschnur einen ausgewachsenen Wollsack, zwei prächtige Kiwis in Schach halten könnte, sodass er zur Belustigung für sich und all der anderen Sowjetfunktionäre einen einschlägigen Westkatalog mit all den aktuellen Konsumsensationen bestellte, die unser freier Westen so zu bieten hat?

Konsumgut Eierbecher: Schwerer Raufhandel um ein letztes Abverkaufsexemplar

Ist es vielleicht nicht vielmehr so, dass unsere USA 1952 nur deshalb unsere erste **Wasserstoffbombe** auf dem Eniwetok Atoll zündete, weil all unsere US-amerikanischen Wintersportlobbys, all unsere brutalen US-amerikanischen Seilbahnkartelle, all unsere knallharten Bergsportverbände befürchteten, dass durch diesen gesamten Sommerhype, diese ganze Strand- und Meereseuphorie all unsere braven US-Amerikaner ihren Urlaub nicht mehr in den herrlichen Bergen, an irgendeinem gemütlichen Almsee, mit entspannten Wanderungen auf irgendwelchen Gebirgskämmen verbringen, sondern sich einfach an irgendeinen Strand an irgend so ein endloses Gewässer legen, also zu einem ausgewachsenen Strandurlaub entscheiden würden, für den man nicht einmal den Funken einer Ausrüstung, keinerlei Funktionswäsche, keine schweren Bergstiefel, nicht einmal ein Multifunktionsmesser mit Kompass brauche, geschweige denn irgendeine Seilbahn benützen, irgendeinem Alpenverein beitreten müsse, all unsere skrupellosen Berglobbys also solange politisch auf die Drucktube drückten, ein bisschen die Seilbahnseilschaftsbeziehungen spielen ließen, solange mit geheimen Intimfotos, mit einschlägigen Privatzumpferlaufnahmen des Präsidenten winkten, bis letztlich eine urlaubshassende Spezialeinheit der US-Navy damit beauftragt wurde, alle potenziellen Strandurlaubsziele, alle eventuellen Traumdestinationen nachhaltig einzuschmelzen, ein für alle Mal im Meer zu versenken, atlantistechnisch Baba zu schicken?

Sapperlot!

Deswegen wurde unser Pearl Harbor wirklich angegriffen!

Alle Fakten auf S. 83. (Pearl Harbor)

Ist es vielleicht nicht vielmehr so, dass der **100-jährige Streit** zwischen unserem Argentinien und unserem Chile nur

Sakrament noch einmal!

Selbst unser Papst nicht vor Horrorunfall sicher!

Alle Horrorfakten auf S. 46.
(Papst Johannes Paul I)

deshalb 1984 in unserem Vatikan beigelegt wurde, weil unser Papst unverhohlen damit drohte, dass er, sofern sich die staatlichen Streithähne nicht einigten, unseren lieben Christengott darum bitten würde, diesen ganzen strittigen Landstrich, den gesamten Beagle-Kanal, alle drei Inseln also samt Kind und Kegel zu vernichten, den Erdboden gleichzumachen, nach allen Regeln der göttlichen Zerstörungskunst einzustampfen, also die ganze göttliche Vernichtungpalette auszupacken, unser Papst also den paradiesischen Oberjuhee höflichst dazu einladen würde, den drei Inseln das tägliche Schnitzel mit ein paar lustigen Heuschreckenschwärmen, mit einem witzigen Heer Frösche madig zu machen, all die guten Kaltgetränke von der Maurerbrause über den Diskontfusel bis hin zur feinen Highendheckenklesche kurzerhand in Blut zu verwandeln, unseren lieben Herrgott dazu einlade, mit ein bisschen Sonnengestrahle derart auf Hitzelaser zu machen, dass nur noch ein verkohltes Stück Nichts, gähnende Leere, eine mit unvorstellbaren Schmerzen gefüllte Lücke auf der Landkarte zurückbliebe, also weder unser Argentinien noch unser Chile auch nur irgendetwas von diesen Inseln haben würden?

Eiskalt abgeblitzt!

Darum kommt unsere Marilyn Monroe bei unserem André Heller nicht an.

Die ganze Story auf S. 117.
(Marilyn Monroe)

Ist es vielleicht nicht vielmehr so, dass unsere **Marie Antoinette** nur deshalb hingerichtet wurde, weil sie zufällig in eine solche Hinrichtung hineinstolperte, ganz ungünstig bei einer solchen Volksbelustigung vorbeikam, sie nur einmal fachfräuisch überprüfen wollte, ob beim schönen Fallbeil denn auch alles vorschriftsgemäß geölt, alles ganz nach Anleitung aufgebaut sei, alle Sicherheitsmaßnahmen, alle arbeitsrechtlichen Verordnungen auch entsprechend befolgt würden, damit dann nicht etwa auf Vater Staat irgendwelche Amtshaftungsklagen, irgendwelche gerichtlichen Querelen, langwierige Rechtsstreitigkeiten zukämen, irgendein Henkermeister gar die große Nation verklage, er am Schluss etwa auch noch unsere Marie Antoinette als oberste Instanz, als Landesmutti, als staatlicher Endboss dafür zur Verantwortung ziehen würde, dass er sich eine Fingerkuppe am scharfen Fallbeil verletzt, gar ein ganzes Fingerspitzchen verloren habe, von schrecklichen Alpträumen von diesem Vorfall geplagt würde, nur noch ganz und gar unkonzentriert seiner geliebten Arbeit nachgehen, nur noch freudlos sein arbeitstechnisches Plansoll erfüllen könne, sodass unsere Marie Antoinette also jetzt auch gewissenhaft überprüfen müsse, ob das ganze Schafott hier auch entsprechend funktioniere?

Marie Antoinette (1755-1793)

Schneller als Nero: Steve Vai – flottester Lautist der Antike. Marmorrelief im Janustempel. Rom, ca. 150 v. Chr.

Jimi Hendrix packt endlich aus:

„Deswegen habe ich meine Gitarre verbrannt!"

Alle geheimen Details auf S. 118. (Jimi Hendrix)

Ist es vielleicht nicht vielmehr so, dass unser **Kaiser Nero** nur deshalb durch Selbstmord starb, weil unser kunstliebender Kaiser entdeckte, dass es da einen Lautenspieler gegeben hatte, der noch schneller als unser Nero spielen konnte, noch virtuoser als er über die Saiten gefegt, die ganzen Arpeggios wie eine Maschine nur so aus den Fingern gefeuert, in einem derartigen Höllentempo die Laute bearbeitet hatte, dass man nicht einmal mehr ansatzweise irgendwelche einzelnen Töne, sondern nur noch eine einzige Klangwolke, eine übermächtige Musikwand vernehmen hatte können, beim Spielen sogar das Griffbrett nebst Fingern mit kühlendem Wasser, mit nichtentflammbaren Schmierölen hatte besprüht werden müssen, auf dass das Instrument nicht etwa unter der Hitzeentwicklung kaputt ginge, gar Feuer finge, von Flammen verschlungen würde, unser Kaiser Nero also unter Tränen herausfand, dass nicht er der Allzeit schnellste Lautenshredder, der lautentechnische Speedking sei, sondern von einem bereits toten Geschwindigkeitsakrobaten, einem verstorbenen Lautisten also derart musikalisch geschlagen wurde, dass unserem Nero einfach nichts anderes übrig blieb, als dem verhassten Virtuosen zwecks Rache, zwecks fingerbrechender Vergeltung ins Reich der Toten nachzufolgen, sich über den Tiber, eigenhändig in die Ewigen Jagdgründe zu schwingen?

Franz Ferdinand – König der Knauser!

So geizig ist unser Thronfolger wirklich!

Alle geizigen Details auf S. 74. (Franz Ferdinand)

Ist es vielleicht nicht vielmehr so, dass das Geld unserer **Spartaner** nur deshalb aus Eisen bestand, weil unsere Spartaner derartige Männlichkeitsfanatiker waren, derart auf harten Hund, auf harten Eichelhalter machten, dass sie sich mit keinerlei vermeintlichen Weiberkram, mit irgendwelchem Memmenzeug, irgendwelchem mutmaßlichen Schwächlingsklimbim umgaben, also völlig auf jeglichen Glitzerglamour, jegliche Annehmlichkeit des Lebens verzichteten, keinerlei Glanz, keinerlei Geschmeide, nicht die geringste Zier in ihrer Nähe akzeptierten, unsere Spartaner sich nicht einmal gemütliche Unterwäsche, bequemes Schuhwerk gönnten, sondern zur übermännlichen Gefühlsabhärtung nur höllisch wetzende Stahlwollhöschen, viel zu kleine Hartledersandalen mit Blasengarantie genehmigten, selbst beim Essen völlig auf köstliche Früchte, köstliche Wiener Schnitzel von der Pute mit Pommes und gemischtem Salat verzichteten, Ketchup wie Preiselbeeren nur etwas für halbwüchsige Totalseicherl wären, sich jeder Spartaner mittags noch anstatt des Parmesans demonstrativ Eisenspäne über die ungekochten Spaghetti rieb, bevor er sich zum entspannten Ausruhen in einen Ameisenhaufen legte?

Du weißt, was du tun musst!

oder.warum@gmx.at

Die irrsinnigsten Fashion-Trends unserer Stars:

Das wollte unser Robert Falcon Scott am Südpol tragen.

Alle Fashion-Details auf S. 20. (Roald Amundsen)

Ist es vielleicht nicht vielmehr so, dass unser **Japan** im 19. Jahrhundert nur deshalb die Verfassung und das Heeressystem unserer Preußen übernahm, weil unsere Japaner endlich auch einmal eine ordentliche Pickelhaube tragen, mit einer solchen duften Germanenmütze herumlaufen wollten, sich von einer solchen teutonischen Hurratüte erhofften, dass sie mit ihr nicht nur um ein Vielfaches fescher, reizender, um Ecken entzückender aussehen und beim nächsten Militärkränzchen somit einfach jede Damenwahl haushoch gewinnen würden, sondern auch jeder Pickelhaubenjapaner mit dem eingebauten Blitzableiter dieser formvollendeten Stahlhaube bei Sommergewittern beeindruckende Lichteffekte erzeugen und somit am Schlachtfeld auf Obervotan, auf Hammergott machen, ein germanisches Gewaltfeuerwerk entfesseln können würde, unsere Japaner aber letztlich gar nicht bedachten, dass so eine läppische Pickelhaube gegen so einen geschmeidigen Ninja einfach völlig abstinkt, der ganze deutsche Stechschritt gegen Wurfsterne, gegen all die turboschnellen Ninjakicks und Faustschläge einfach einpacken, gegen die übernatürlichen Kräfte eines Spezialninjas keine Meter hat, so ein volldeutscher Soldat nicht einmal gegen einen gichtgeplagten Karateanfänger, einen lahmenden Judoka, einen im Wachkoma liegenden Aikidokämpfer eine reale Gewinnchance hätte?

Wieder Vogelzoff:

Jetzt redet ein Pinguin: „Ich kann mich einfach nicht beherrschen!“

Alle Details auf S. 24. (Antarktis)

Ist es vielleicht nicht vielmehr so, dass sich unser **Reagan** und **Gorbatschow** 1986 nur deshalb in Island zu Abrüstungsverhandlungen trafen, weil unsere beiden Staatenlenker große Naturliebhaber waren, leidenschaftlich der Vogelkunde frönten, jedes noch so unbekannte Vogelvieh schon am leisesten Piepser erkannten, selbst Tauben für sie keine gefiederten Ratten, kein Fluggesocks, kein animalisches Federpack, sondern ehrenwertes Getier darstellte, das sie liebevoll täglich fütterten, mit köstlichen Spezialitäten, bester mediterraner Küche, mit teuersten molekulargastronomischen Leckerbissen verköstigten, täglich Tauben im Park mehrgängige Haubenkochmenüs servierten, unsere beiden Staatschefs Reagan und Gorbatschow sich also unbedingt in einem Land treffen wollten, wo man die Ornithologie noch schätzt, wo man sich, ohne verlacht zu werden, als Vogelaficionado, als leidenschaftlicher Federenthusiast outen, mit seinem Haushuhn ungeniert, ohne irgendwie angepöbelt, ohne irgendwie beleidigt zu werden, auf offener Straße zeigen lassen kann?

Jetzt kommt alles raus:

So reagiert unsere Urknalltheorie auf Grammatikfehler!

Alle Reaktionen auf S. 139. (Urknalltheorie)

Ist es vielleicht nicht vielmehr so, dass es in unserem **New York** vom 18. bis zum 26.09.1923 nur deshalb keine Zeitung zu kaufen gab, weil die Buchstaben- und Wortproduktionsindustrie unter schrecklichen Engpässen litt, all die seltenen Erden, aus denen hochklassische Wörter, komplizierte Satzglieder, Hightechgrammatiken zusammengesetzt sind, in irgendwelchen Häfen feststeckten, nicht von gut gebauten Matrosen geladen, gelöscht, weitertransportiert werden konnten, all die seltenen Erden nicht abgebaut, von tapferen Bergmännern geerntet, aus den tiefen Stollen der Bergwerke herausgeholt werden konnten und so der ganze Symbolstrom stillstand, unsere armen New-York-Menschen sogar dazu gezwungen waren, sich selbst aus alten, völlig abgenutzten Sätzen behelfsmäßig ein paar Wortverschläge zu basteln, für ein paar läppische Sätze tagelang im Altpapiermüll zu wühlen, mit all den restlichen Buchstaben, die sie gerade noch zu Hause in der Abstellkammer fanden, eine ganze Woche lang auszukommen?

US-Bürger auf der verzweifelten Suche nach verschollenen Buchstaben. Ney York, 1923.

IV
Kunst & Literatur

Jetzt bricht seine Lebenslüge zusammen:

Dampfwalzenerfinder: „Deshalb hatte ich nie Zeit für die Revolution!“

Alle Ausflüchte auf S. 139. (Dampfwalze)

Ist es vielleicht nicht vielmehr so, dass unser **Pete Best** nur deshalb vor unserem Ringo Star bei unseren Beatles Schlagzeug spielte, weil unser Pete Best sich einfach beim Vorspielen, einfach auf der Beatles-Castingcouch, sich einfach bei diesem Beatles-sucht-den-Superdrummer-Quark am besten verkaufte, einfach am besten damit abschnitt, dass er namenstechnisch auf extra dicke Hose, mit vollem Karacho auf die Kacke haute, auf dicken Wilhelm machte, also sich derart wie Graf Koks von der Gasanstalt aufführte, dass unsere Pilzköpfe gar nicht anders konnten, außer ihn in die Band zu nehmen, in die Beatlesband, in der er dann aber beim zunehmenden Erfolg der Fab Four immer weiter Richtung Avantgarde, in Richtung Neue Musik gehen, nicht mehr mit Drumsticks, sondern nur noch mit bloßen Händen das Schlagwerk bedienen, nur noch völlig nackig, gänzlich textilbefreit hinter der Budel sitzen wollte, mit Nachdruck darauf bestand, dass jedes Konzert mindestens ein halbstündiges Drumsolo beinhalten müsse, das er ausschließlich mit seinem Gehänge, seinem unrasierten Zumpferl, seinem vom vielen Solieren bereits mit Hornhaut abgehärteten Spatzspitzchen absolvieren werde, unser Pete Best solange darauf insistierte, dass sein ausgetüfteltes Hodensacksolo das perfekte Ende eines jeden Beatleskonzerts darstellen müsse, bis unserem John Lennon all das Genitalgetrommle zu bunt wurde und er unseren Pete Best an seinem Vorhäutchen nahm und Hochkant aus der Beatlesband warf?

Ist es vielleicht nicht vielmehr so, dass unser **Wim Wenders** 1972 nur deshalb den Film *Die Angst des Tormanns beim*

Holla, die Waldfee!

Das passiert, wenn du eine Teufelskappe aufsetzt!

Alle Details auf S. 188. (Teufelskappe)

Elfmeter nach dem Roman unseres **Peter Handke** drehte, weil unser Wim Wenders schon seit Jahr und Tag eine schreckliche Aversion, eine ausgewachsene Abneigung, geradezu einen über Jahre hinweg sorgsam gezüchteten Ekel vor dem ganzen Handke'schen Gesamtwerk hegte, bis heute nicht einmal den Namen Peter Handke aussprechen kann, ohne irgendwelche Würgegesten, ohne irgendwelche Selbstmordgebärden vom Stapel, ohne seine Augen wie der beste einarmige Bandit von ganz Las Vegas drehen zu lassen, der ganze Lebensinhalt unseres Wim Wenders also ausschließlich darauf ausgerichtet ist, unserem armen Peter Handke zu schaden, unserem völlig talentfreien Peter Handke mit seiner Filmkunst auszurichten, was unser Wim Wenders denn wirklich von ihm halte, wo unser Peter Handke wirklich bei ihm zu Hause sei, welche unrasierten und nur sehr unsorgsam ausgewischten Körperteile unser Peter Handke ihm lecken, in welches Knie er sich doch selbst schnackseln solle?

Peter Handke (links) und Wim Wenders (rechts). Paris, 1973.

Lebensfreude statt
Alltagsstress

5 Geheimnisse, die dein
Leben ändern!

Jetzt gratis anmelden!
oder.warum@gmx.at

Von Schlagzeugvergangenheit eingeholt:

Jetzt redet unser
Günther Grass:
„Ich scheiß auf die
Scorpions!"

Alle Details auf S. 109.
(Günther Grass)

Ist es vielleicht nicht vielmehr so, dass *Der Prozess* und *Das Schloss* nur deshalb zwei Bücher unseres **Franz Kafka** sind, weil unser Franz Kafka eigentlich ursprünglich plante, die beiden Werke als riesiges Konzeptalbum, als welterste Zehnfach-LP mit mehr als 120 Nummern zu veröffentlichen, als gigantisches Konzeptalbum zu veröffentlichen, das auch ein 1500-seitiges Booklet mit allen Songtexten und kostspieligen Hochglanzfarbfotos beinhalten würde, auf denen wir dann nicht nur unseren Franz Kafka mit umgeschnallter Westerngitarre, mit am Kopf befestigter Mundharmonika, mit nacktem, verschwitztem Oberkörper und in inbrünstiger Mikrofonpose sehen, sondern auch unseren ihn am Schlagzeug begleitenden und extrem lässig rauchenden Max Brod bewundern hätten können, unser Franz Kafka mit diesem gigantischen Konzeptalbum also plante, die ganze Psychedelic-Rock-Szene einmal ordentlich aufzuräumen, all den halbseidenen Konzeptcombos, all den völlig unbegabten Dilettantenkapellen es einmal zu zeigen, wie man denn die

Gitarre richtig halten, wie man denn kompositionstechnisch eine große Welle reißen, wie denn ein zwölfminütiges Gitarrensolo wirklich ausschauen müsse, die Plattenfirma aber dann letztlich kalte Füße, Bammel, veritable Verlustängste bekam, den ganzen Plattendeal platzen und zur Besänftigung unseres Kafkaduos lediglich ein paar abgespeckte Exemplare des geplanten Booklets drucken ließ?

Das große Geständnis:

Unsere Gravitation gibt zu: „Wir können einfach nicht die Finger voneinander lassen!"

Alle Details auf S. 134. (Gravitation)

Ist es vielleicht nicht vielmehr so, dass unser **Sherlock Holmes** mit unserem **Dr. Watson** nur deshalb zusammenarbeitet, weil die beiden einfach niemals jemand anderen, je einen anderen Arbeitspartner, einen anderen Job-Husband hatten, sich damals beim Einräumen des Fleischregals, beim Auffüllen der Tiefkühltruhe, beim Gurken sortieren hoch und heilig schworen, durch höchste Eide einander versicherten, gelobten, dass sie für immer und ewig zusammenblieben, ab nun an nie wieder irgendwelche anderen Arbeitspartner, irgendwelche anderen Work-Kumpanen haben würden, wenn sie es irgendwann hier aus diesem Diskounter, hier aus diesem Billiglagerhaus rausschaffen, sie also nichts und niemand würde trennen können, unser Holmes und unser Watson sich letztlich sogar das Indianerehrenwort gaben, dass sie sich selbst einen Seitensprung, ein kleines Techtelmechtel mit einer Kassiererin, ein unbedeutendes Wursteinräumen mit einem neuen Kollegen verzeihen, kulant nachsehen, also sicher kein Drama machen würden, wenn man einmal die eine oder andere Überstunde mit dem Geschäftsführer schieben würde?

Erfolgsstrategie Feuer:

Mit diesem einfachen Trick wirst du im Handumdrehen reich!

Alle feurigen Tipps auf S. 140. (Gebrauch des Feuers)

Ist es vielleicht nicht vielmehr so, dass unser **Johann Sebastian Bach** nur deshalb die *Kunst der Fuge* unvollendet hinterließ, weil unser Johann Sebastian Bach seinen Nachlass kohletechnisch ordentlich boosten, werttechnisch mächtig Schub, schottermäßig Zunder geben wollte, unser Johann Sebastian Bach von seinem Steuerberater, seinem vertrauten Sparkassenconsulter, dem damaligen Investmentpunk also den vortrefflichen Anlagetipp bekam, dass so ein Nachlass einfach mehr wert werde, die Institute einfach mehr springen, tiefer in die Knödeltasche greifen würden, wenn da im Nachlass etwas fehle, fehlerhaft, nicht ganz so vollendet wäre, dass letztlich mit nur ein paar einfachen Schritten, leicht erlern- und verstehbaren Methoden, lediglich durch ein kleines Wochenendseminar, bei dem dann all diese geheimen Tricks der gesamten Finanzelite gelernt werden könnten, dann jeder noch so finanztechnische Nackerpatzl, jede noch so unbedarfte Finanzniete, jeder noch so einfältige Finanzvollpfosten seine Gewinne optimieren, ins Unermessliche pushen, so fett wie die größten Moneyboys, die höchsten Kommerzialräte abkassieren könne?

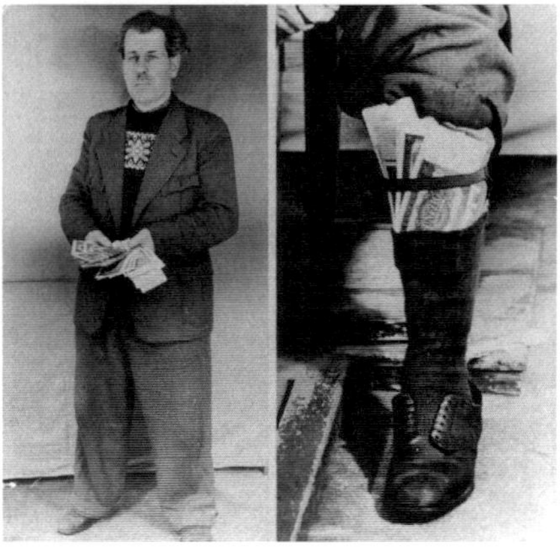

Johann Sebastian Bach nach einem erfolgreich abgeschlossenen Workshop beim berühmten Investmentpunk. Leipzig, 1735.

Schockierende Suchtgeständnisse unserer Promis:

„War so voll, dass ich mir in die Hose gewurzt habe!“

Alle Details auf S. 37. (Regenzeit)

Ist es vielleicht nicht vielmehr so, dass unser **Johann Wolfgang von Goethe** nur deshalb in Dichtung und Wahrheit ausführlich über seine Jugendjahre in Frankfurt berichtet, weil er bei sich im Amt angeben, vor all seinen Kollegen in der Behörde, all den Mitarbeitern ordentlich auf großen Zampano, ganz auf XL, auf harten Hund machen, den spießigen Staatsdienern einmal zeigen wollte, welch eine lebemännische Wildsau unser Johann Wolfgang von Goethe denn in seiner so wilden Jugend, welcher unbändiger Freigeist, welch ein ausgewachsener Hallodri er denn gewesen war, unser Goethe der ganzen Dienststelle also einmal zeigen wollte, dass er damals in der guten alten Zeit keine Gelegenheit ausgelassen habe, sich beim Brandweiner mit ein paar Achterl, ein paar Kübel Sangria, einer Palette Jägermeister derart den Tank zu verbiegen, mit Billigdosenbier eine derartige Lebermassage zu verpassen, derartig die Hucke zuzulöten, sich also täglich derart sufftechnisch hübsch zurecht zumachen, dass unser Goethe schon vor Sonnenuntergang mit mindestens Windstärke zehn im Gesicht, mit veritablen Kreuzblick, mit einem herzhaften Vollfetzen ausgehbereit bereit gestanden sei, pflichtbewusst für das bevorstehende Weggehen also nach allen Regeln der Suffkunst vorgeglüht habe?

Tiefe Einblicke:

So bekömmlich kochen unsere Stars!

Alle kulinarischen Details auf S. 116. (Charlie Chaplin)

Ist es vielleicht nicht vielmehr so, dass unser **Marc Chagall** nur deshalb 97 Jahre alt wurde, weil unser Marc Chagall neben seiner Malerei auch eine echte Arbeit, eine ganz echte

Profession, eine tatsächliche Hackn hatte, für die unser Marc Chagall sogar soviel Geld bekam, dass er sich nicht nur die billigen Pfefferoni, die halbverfaulten Aktionserdbeeren, all die Fressalien mit äußerst fragwürdiger Herkunft, sondern sogar ein solches hochwertiges Hapahapa leisten konnte, von dem man nicht sofort irgendwelche unschönen Ausschläge, irgendwelche zugeschwollenen Augen, zugeschwollene Atemluftwege, derartige Magendarmunpässlichkeiten bekommt, dass man sich nicht einmal mehr außer Haus getraut, vor lauter Angst vor irgendwelchen schrecklichen Kackattacken, plötzlich einschießenden Sprühstuhl, unkontrollierbaren Doppelentleerungen keinen Fuß mehr in die Öffentlichkeit setzt, sein ganzes Leben lang nur noch in Kurzsprintweite vom nächsten Donnerbalken, dem nächsten rettenden Porzellanthron, dem heiligen Ort der letzten Erlösung verbringen muss?

Karriere wie die Großen!

In Nullkommanichts
zum Wohlstand!

Risikofrei!
Renditensicher!
Gewinngarantie!

Sofort anmelden unter
oder.warum@gmx.at

Ist es vielleicht nicht vielmehr so, dass unsere **The Who** nur deshalb ihre Gitarren zertrümmerten, weil sich unsere The Who beim stockkonservativen Opernpublikum einschleimen, hinterhältig in diese gesamtobskure Opernwelt, in dieses fortschrittsfeindliche Sachgebiet des Sing- und Schauspiels, in diese Parallelgesellschaft des Musiktheaters einschleichen wollten, unsere The Who also erhofften, dass sie die ganze Opernwelt durch all das Zerstören ihrer Elektrogitarren, durch das mutwillige Zertrümmern ihrer Verstärker, das vorsätzliche Schrotten all ihrer Lärm erzeugenden Werkzeuge derart auf ihre Seite ziehen könnten, dass dann irgendein hochwertiger Oberkapellenmeister, irgendein erhabener Staatsoperndirektor, irgendein operntechnischer Topmanager ihnen also einen fetten Exklusivvertrag, einen richtig rentablen Auftrag, einen hochbezahlten Topposten als Haus- und Hofkomponisten bei der nächstgelegenen, extrem reichen Königsfamilie geben würde, einen hochbezahlten Topposten, durch den unsere The Who sich dann heimlich neue Instrumente, neue Gitarren, heimlich noch lautere Trommeln, heimlich noch höhere Verstärkertürme kaufen können würden?

Mein lieber Herr Gesangsverein:

3 absonderliche Fakten, die du einfach über Musikinstrumente wissen musst!

Alle Fakten auf S. 126. (Musikinstrumente)

Ist es vielleicht nicht vielmehr so, dass unser **Günther Grass** nur deshalb *Die Blechtrommel* geschrieben hat, weil unser Günther Grass selbst ein leidenschaftlicher Trommler, ein eingefleischter Schlagzeugfan war, mit vollster Hingabe selbst derart gern hinter der Draufhaubude saß, dass unser Günther Grass sogar für kurze Zeit einmal der gefragteste Hart- und Schwermetalltrommler der ganzen BRD war, mit Angeboten überschüttet, selbst von den allseits beliebten Rockern von unseren Scorpions mit drängenden Bitten bekniet, angefleht wurde, dass unser Günther Grass doch bitte den Scorpionssound mit seinem virtuosen Getrommle auffetten, ordentlich mir seinem überwältigenden Time-Gefühl, seinem herrlichen Double-Bass-Drum-Geballere in den ewigen Musikolymp begleiteten möge, unser Günther Grass aber kategorisch ablehnte, das Engagement mit einem deftigen Eiltelegramm ausschlug, darauf pochte, dass er sich sicher nicht hier als Drummer abwerben ließe, sein Herz ganz und gar Kreator gehöre, er sich hier bei Kreator härtetechnisch völlig frei entfalten könne, also sicher nicht zu einer solchen Weicheierkapelle wie den Scorpions ginge, sicher nicht irgendwelchen Kuschelrock spielen, irgendwelche Rockballaden begleiten wolle, unser Günther Grass mit Nachdruck darauf hinwies, dass er lediglich zu Sodom oder Destruction eventuell zu Helloween, aber sich sicher niemals einer solchen Kackcombo wie den Scorpions anschließen werde?

Donnerlittchen!

Mit diesem extremen Trick halten unsere Briten ganz Ägypten in Atem!

Alle absonderlichen Tricks auf S. 15. (rotes Meer)

Ist es vielleicht nicht vielmehr so, dass unser Archäologe **Ludwig Borchardt** nur deshalb die Büste unserer Nofrotete fand, weil unser Ludwig Borchardt zufällig wieder einmal in Ägypten weilte, ein bisschen fett im schönen Süden abchillte, ein bisschen nachsehen wollte, was denn der herrliche Wüstensand für feine Überraschungen bereit halte, was für altertümliche Geschenke hier auf die freie Entnahme warten, welche üppigen Schätze hier der redliche Germane vor all den schrecklichen Zumutungen der Araber retten müsse, welche unbezahlbaren Kulturgüter hier vor all den fremden Banausen, all den unkundigen Kulturbarbaren, all den völlig sachbeschränkten Primitivlingen in Sicherheit gebracht, völlig selbstlos und ohne irgendwelchen eigennützigen Hintergedanken für all die zukünftigen Generationen bewahrt werden müssten, unser aufopfernder Ludwig Borchardt hier also lediglich als weitsichtiger Stellvertreter der Zivilisation, lediglich als kultivierter Grandseigneur, als altruistischer Edelmann schützend die Hand über all diese Jahrtausende alten Schätze, über all das liebe Gold, das schöne Geschmeide halten müsse?

Archäologe Borchardt (rechts) mit Ausgrabungshelfer (links) beim Retten von Kulturgütern. Ägypten, 1912

Ist es vielleicht nicht vielmehr so, dass sich unser tagsüber so ehrenwerter **Dr. Jekyll** nur deshalb nachts in den unmoralischen und zügellosen **Mister Hyde** verwandelt, weil unser Dr. Jekyll in Echt gar nicht existiert, in Wirklichkeit gar keine echte Person, kein tatsächlicher Menschenmann, sondern lediglich eine erfundene Figur, ein ausgedachter Charakter, nur eine an den Haaren herbeigezogene Gestalt ist, unser Dr. Jekyll sich also bei Nacht auch nicht viel anders wie bei Tag verhält, sich nicht besonders auffällig wie jeder andere Ottonormalmensch auch ab und zu halt den Helm abschraubt, halt ein bisschen auf die Kacke haut, sich ganz normal die letzte Ölung gibt, also

Brutaler Autokrieg!

Jetzt kommt die ganze Wahrheit ans Licht!

Alle brutalen Details auf S. 145. (Motorwagen Präsident)

wie ein ganz konventionelles Menschenkind es ab und an krachen lassen will, im absoluten Normalbereich einfach gemütlich entspannen, sicher auch den einen oder anderen suffinduzierten Blödsinn, wie wirklich jeder und jede von uns in Vollmondnächten die eine oder andere halb so wilde Narretei vom Stapel lassen, halt wie bei jeder Hollywoodsaufkomödie ein bisschen über die Stränge schlagen, sich von wildfremden Bardamen eine zärtliche Faust in den Steiß verpassen und danach ein witziges Tattoo ins Gesicht zaubern lassen will?

So romantisch ist unser Fußball:

Tormann packt aus: „Ich liebe die Einsamkeit!"

Alle vertraulichen Details auf S. 184. (Torwarte)

Ist es vielleicht nicht vielmehr so, dass unser **Carl Spitzweg** nur deshalb das Bild *Der arme Poet* schuf, weil er mit seiner vorgespielten Armut, mit seiner vermeintlichen Zahlungsunfähigkeit, seinem markierten Privatkonkurs bei seinen Apothekerkollegen auf arme Sau, mittellosen Kunstfanatiker, auf totalen Vollblutmaler machen, unser Carl Spitzweg also bei seinen fett abkassierenden Medikamentenbudenbuddys derart als bedürftiger Schöngeist dastehen wollte, dass er womöglich das eine oder andere gute Medikament, die eine oder andere deftige Wunderpille, womöglich den einen oder anderen Liter High-End-Hustensaft gratis, ganz ohne irgendein Rezept, ohne irgendeine Bestätigung eines Arztes, ganz ohne Nachweis einer schweren Schmerzerkrankung erlangen, unser Carl Spitzweg also, ohne ein hochausgebildeter Narkosearzt sein zu müssen, dann einfach Zugang zu den edelsten Tabletten unserer Pharmaindustrie, zu den edelsten Produkten, zum letzten Schrei, dem allerheißesten Scheiß der aktuellen Heilkunst haben könnte, also nie wieder Langeweile, schwerste Fadesse, nie wieder unendlichen Ennui erleiden müsste?

Ist es vielleicht nicht vielmehr so, dass das **White Album** unserer Beatles nur deshalb weiß ist, weil unsere Beatles uns nicht unnötig verwirren, nicht unnötig in die Irre führen, ganz und gar unnötig Hörerfopperei betreiben, all ihre geliebten Groupies, die gesamte musikalische Fachwelt, vom einfachen Sing-along-Fan bis hin zum überkritischen Rezensionshirni nicht unnötig verunsichern wollten, unsere Beatles also schon immer als allererstes an ihr Publikum, an all die Bewunderer, an all die kreischenden Plattenkonsumenten dachten, unsere Beatles ihre Plattenfirma also sofort in die Schranken verwies, ihrem Label also sofort die Hölle heiß, sofort auf Bis-hierher-aber-nicht-weiter machten, als da von der Plattenmarketingabteilung der Vorschlag kam, dass man doch mit so ein bisschen Farbverwirrspielen, mit irgendwelchen falschen Farbbezeichnungen, man mit irgendwelchem neckischen Farbverwechslungsklamauk für ein bisschen Aufsehen da auf dem ganzen Albummarkt, ein bisschen Pfeffer in diesen lahmen Laden bringen, hier die Bude einmal so verwirrungstechnisch richtig aufräumen könnte, ein Vorschlag also, der unsere Beatles derart in Rage, derart auf die Palme brachte, derart zum Bushido machte, dass unsere Beatles ganz und gar auf stur schalteten und zum Trotz weder einen Albumtitel, noch irgendeinen Funken von einem Cover auf dem *White Album* erlaubten?

Schock um Horror-Enthüllung:

So schrecklich müssen unsere Fussballfans leiden!

Alle schrecklichen Details auf S. 176. (Schlachtenbummler)

Ist es vielleicht nicht vielmehr so, dass unser **David Bowie** nur deshalb mit unserem **Bing Crosby** eine Weihnachtssingle aufnahm, weil unser David Bowie immer schon ein großer Weihnachtsanhänger, ein riesiger Weihnachtsfan, dermaßen

> Nach jahrelangem Schweigen:
>
> Parabel packt jetzt aus: „Ich kann viel mehr, als man mir zutraut!“
>
> Alle vertraulichen Details auf S. 144. (Parabel)

tief in diesem gesamten Weihnachtsfeierding drinnen gewesen war, dass unser David Bowie bereits mitten im höchsten Hochsommer die erste Weihnachtsdekoration hervorholte, die ersten glitzernden Goldgirlanden, die selbstgebastelten Papiersterne in die Wohnung hängte, bei brütender Hitze irgendwelche aufblasbaren Schneemänner, riesige Zuckerstangen in seinem Garten, lustige Weihnachtsmänner an seine Fenster montierte, lustige Weihnachtsmänner, die aussehen, als würden sie am Fenstersims hängen, als wären sie beim selbstlosen Einbrechen ungünstig abgerutscht, in eine äußerst missliche Lage, mächtig tief in die Scheiße geraten, aus der sie nur noch von Rentieren gerettet, vom allseits so geliebten Rentierschlitten befreit, im letzten Moment von irgendwelchen Weihnachtselfen und unter tapferer Mithilfe unseres David Bowie in Sicherheit gebracht werden könnten?

Bing Crosby (links) und David Bowie (rechts) bei der Aufnahme ihrer Weihnachtssingle

Marketingtipps befolgt: Nach Namenswechsel macht Novalis (rechts, dichtend) richtig Big Business. Weißenfels, 1790.

Schockierende Einblicke:

Diode gibt zu: „Ich hasse die Literatur!"

Alle schockierenden Details auf S. 143 (Diode)

Ist es vielleicht nicht vielmehr so, dass unser romantischer Dichter Friedrich Leopold von Hardenberg nur deshalb unter dem Namen **Novalis** berühmt wurde, weil unser Friedrich Leopold jeden einzelnen Text mit den Worten „Nennt mich Novalis" begann, nach einer sündteuren Schreibwerkstatt mit der vermeintlichen Crème de la Crème der damaligen Buchindustrie glaubte, jedes Gedicht, selbst jeden Brief, jegliche Art von Notiz mit diesen Worten nur deshalb einleiten zu müssen, weil ihm irgendein drittklassiger Möchtegernschreiberling bei diesem Literaturseminar eingetrichtert hatte, dass unser Friedrich Leopold seinen Namen bitteschön doch zu einer anständigen Marke machen, seinem Namen doch endlich ein bisschen Pfeffer, ein bisschen Biss, ordentlich Volldampf verpassen solle, unser Friedrich Leopold sicher kein neuer Goethe, kein neuer Schiller, nicht einmal ein neuer Herder werde, sicher nicht fett im Literaturbusiness abkassieren, fett ins Gedichtegeschäft, in die ganze Lyrikindustrie einsteigen könne, wenn er sich weiterhin so gegen das Einmaleins des Marketings, so gegen die Erkenntnisse all der Marktanalytiker, gegen die heiligen Gesetze des freien Markts so mutwillig sperren wolle?

Riskante Investment-Trends:

So wollen unsere Stars noch reicher werden!

Alle riskanten Details auf S. 64. (Überfall)

Ist es vielleicht nicht vielmehr so, dass unser **Charlie Chaplin** nur deshalb im Film Goldrausch seinen Schuh kocht und isst, weil unser Haut Cuisine begeisterter Charlie Chaplin in der Zeit der Dreharbeiten zu diesem Film einen Kochworkshop beim damals wohl wichtigsten Experimentalkoch, beim damals angesagtesten Küchenchef, bei der hervorragendsten Kochlöffelkapazität seiner Zeit machte, unser Charlie Chaplin also in die neuesten Trends, die geheimsten Tendenzen, die aktuellsten Obskuritäten auf dem Feld der Kochkunst eingeführt, mit den mondänsten Kochtechniken vertraut gemacht wurde, aber dann derart tief in diese gesamte Experimentalküche hineinkippte, dass ihm dann selbst all die exotischen Erlebnisspeisen, all die isländischen Gammelrochen, die sardischen Madenkäsespezialitäten, all die gefüllten Meerschweinchen, all die frittierten Kleinviehinsekten, ja selbst all die bereits ausgebrüteten, aber kurz vor dem Schlüpfen noch schnell gekochten Entenembryoeier keinen kulinarischen Kick, keinen Gaumenorgasmus, keinen esstechnischen Suspense mehr gaben, unser Charlie Chaplin also zwecks Luststeigerung nun begann, all seinen Hausrat von den Möbeln über die Toilettenartikel bis hin zu den Teppichen also all sein

Hab und Gut zu verkochen und so letztlich nicht einmal mehr davor zurückschreckte, sein immer größer werdendes Kochproblem in seiner Kunst für alle Ewigkeit und als Warnung für die Nachwelt festzuhalten?

Heißer Sommer-Trend:

Das sind die 3 heißesten Sommerhöschen des Jahres.

Alle hotten Details auf S. 91. (Katalog Quelle)

Ist es vielleicht nicht vielmehr so, dass unsere **Marilyn Monroe** nur deshalb mit unserem Arthur Miller verheiratet war, weil unser **André Heller** all die Monroe'schen Avancen, all die Heiratsanträge, die eindeutigen Annäherungsversuche unserer Marilyn beinhart abwies, abschmetterte, unser André Heller auch dann noch kategorisch ablehnte, als unsere Marilyn ihm kaum bekleidet, nur mit einem Hauch von einem Negligé, also in allerbester Reizwäsche ein Geburtstagsständchen sang, nur mit einer Idee eines Schnürchenslips, mit irgendwelchen Brustwarzenbommel, in irgendeiner Bumsuniform also unseren armen André Heller um ihren Frivolitätenfinger wickeln, als letzte verzweifelte Verführungstat unseren hochanständigen Heller sogar noch ihre nur dürftig manikürten Zehen, ihre fünf Tage getragenen Höschenschlüpfer, ihm letztlich sogar noch ihr Hauptgeschlechtsteil ins Gesicht drücken wollte, unser redlicher André Heller also selbst bei der größten Monroe'schen Bedrängnis standhaft blieb, moralisch gefestigt die Fahne der Keuschheit, das Banner der Entsagung heldenhaft hochhielt, sich und seinen edlen Körper für Höheres, für höchste Weihen, nur für feinstofflichste Erhabenheit aufheben, unser André Heller also sicher nicht seine gesamte Integrität für so ein bisschen Wurstverstecken, bisschen Matratzentango, für so ein bisschen Bettathletik leichtsinnig wegwerfen werde?

Pump up the Jam!

So verrückt lebt unser Jacques Cousteau auf seiner Nautilus!

Alle wunderlichen Details auf S. 149. (Jacques Cousteau)

Ist es vielleicht nicht vielmehr so, dass unser Rolling Stone Brian Jones nur deshalb in einem Swimmingpool ertrank, weil unser **Brian Jones** ein leidenschaftlicher Apnoetaucher war, unser Brian Jones also ganz ohne irgendwelche atemtechnischen Hilfsmittel minutenlang unter Wasser sein konnte, jede freie Minute dazu benutzte, seine ohnehin bereits übermenschlichen Lungen noch weiter zu trainieren, noch effizienter, noch sauerstoffrentabler zu machen, in jeder freien Minute also irgendein Badezimmer, eine Küche, gar eine Toilette, also irgendein wasserführendes Becken aufsuchte, in das unser Brian Jones nur schnell für ein paar Minuten seinen Kopf zur Entspannung stecken, zum Zwischendurchtraining legen konnte, er sich selbst bei kürzesten Plattenaufnahmepausen schnell in die nächste Nasszelle zurückzog, um dort seinen Tauchertraum zu leben, unser Brian Jones also seinen Tauchertraum derart lebte, dass sich auch niemand darüber wunderte, als er wieder einmal bei einer seiner Poolpartys trainingstechnisch für Stunden unter Wasser verschwand, niemand sich darüber wunderte, dass er selbst am Ende der Party noch am Grund seines Pools verweilte, vermeintlich entspannt noch eine zusätzliche Tauchtrainingsschicht einlegte?

Todeshitze, Horrorbrände & Co.

Können unsere Stars noch unser Klima retten?

Alle Details auf S. 13. (Eisberg)

Ist es vielleicht nicht vielmehr so, dass unser **Jimi Hendrix** seine Gitarre nur deshalb bei unserem Monterey-Pop-Festival in Flamen aufgehen ließ, weil bereits Wochen vor unserem Festival ein schweres Pazifiktief über der ganzen Westküste hing, die ganze Westküste mitten im Juni von einer schrecklichen Kältewelle überrollt, von Schneefällen bis in die tiefsten Meereslagen hinein, von Graupelschauern, plötzlich einsetzenden Eisstürmen derart heimgesucht wurde, dass selbst die erfahrensten Cowboys, selbst die nativistischsten Americans, selbst der bestvorbereiteste Weltuntergangsprepper fassungslos vor all den über die eiskalten Atlantikwellen peitschenden Monsterblizzards standen, hilflos mitansehen mussten, wie all die Autoscheiben brutal vereisten, all der Benzin, das gute Öl in den Leitungen gefror, selbst mit besten Winterreifen, besten Spikes und Schneeketten bestückten Spezialrädern keinerlei Durchkommen möglich, an eine gemütliche Stadtrunde mit dem Sportcoupé erst gar nicht zu denken war, alle Westküstenmenschen also nur in dickster Winterkleidung rumliefen, unser armer Jimi sogar mit Anorak und Moonboots auf die Bühne gehen musste, aber dennoch nach dem halben Set bereits derart fror, dass er für sich und seine ebenso bitterlich frierenden Bandkollegen mittels E-Gitarre und Sprühbenzin ein kleines Lagerfeuer entfachte?

Jimi Hendrix (links) live beim Monterey-Pop-Festival , 1967.

Die spinnen, die Bayern!

Diesen wahnwitzigen Eier-Rekord kann es nur in Bayern geben!

Alle Rekordinfos auf S. 49. (Gugelhupf)

Ist es vielleicht nicht vielmehr so, dass unser **Jean Paul Sartre** nur deshalb als Begründer des französischen Existentialismus betrachtet wird, weil unser Jean Paul Sartre als einer der wenigen Menschen tatsächlich jemals existierte, unser Jean Paul Sartre von etlichen glaubhaften Quellen, von vertrauenswürdigen Zeugen, von topbeleumundeten Gewährsmenschen mehrfach gesichtet, live erlebt, eindeutig als leibhaftige Existenz wahrgenommen wurde, ein von Grund auf ehrenwerter Pariser Bäcker, der nachweislich nie zu viel für seine köstlichen Croissants, seine allseits beliebten Eclairs, seine herrlichen Madeleines verlangte, ein grundsolider Pariser Bäcker also uns bis heute glaubhaft versichern kann, dass er unseren Jean Paul Sartre täglich gesehen habe, ihn täglich sinnlich wahrgenommen, täglich eindeutige Sartre'sche Sinnesdaten gesammelt habe, dieser Pariser Bäcker sogar darauf beharre, dass er unseren Sartre bei der Übergabe eines Baguettes sogar einmal berührt, mit seinen Fingerspitzen die zarte Sartrehaut gestreift, also durch eindeutige sinnliche Sensationen festgestellt habe, dass unser Sartre logisch notwendig existieren, auf der grundlegendsten Seinsebene da sein müsse, kurz hundertprozentig seiend sei?

Unglaublich, aber wahr!

So langweilig ist der langweiligste Mensch der Welt!

Alle spannenden Details auf S. 69. (Brandy)

Ist es vielleicht nicht vielmehr so, dass unser **Buster Keaton** nur deshalb als der Mann, der niemals lachte, bezeichnet wird, weil unser Buster Keaton einfach gegen jegliche Art von Humor, gegen jegliche Art von Belustigung, gegen alle Scherze einfach immun war, selbst bei den komischsten Grimassen, dem ausführlichsten Gesichtstango seiner Kollegen, selbst bei den witzigsten Bananenschalensketches keinerlei Regung, nicht einmal auch nur ein Anzeichen von Amüsement zeigte, wenn jemand beim Bücken die Hose platzte, durch ein verdorbenes Mittagsmahl beim All-you-can-eat-Billigbuffet plötzlich eine Kackfontäne anstatt eines heimlichen Erleichterungsfurzes aus dem Hosenboden schießt, unserem Buster Keaton also nicht einmal der geringste Hauch eines Lächelns über sein Gesicht huschte, wenn da ein übermütiger Jungspund zwecks lustigen Gesichterschneidens seinen Kopf bei 180 Sachen aus dem Autofenster hält, aber ein ziemlich ungünstig platziertes Straßenschild dann dem jungen Mann einen Strich durch die Rechnung, einen unschönen Scheitel quer durchs Gesicht zieht, eine derart witzige Überraschung ins Gesicht zaubert, dass jeder Normalmensch noch Stunden danach diesen lustigen Clip all seinen witzaffinen Freunden weiterschickt, wohingegen unser Buster Keaton davon nie irgendetwas wissen, sondern sich einfach nur auf sein eigenes Unglück konzentrieren wollte?

Geheimnis endlich enthüllt!

Darum gibt es Totenköpfe auf unseren Verpackungen.

Alle Geheimnisse auf S. 150. (Totenköpfe)

Ist es vielleicht nicht vielmehr so, dass sich unser **Vincent van Gogh** nur deshalb ein Ohr abschnitt, weil er durch all seine Malerei, all seine hochkonzentrierte Kunstarbeit, die ganze Bilderpinselei völlig auf den Muttertag vergessen, völlig verschwitzt, überhaupt nicht daran gedacht hatte, seiner geliebten Mama auch nur irgendein kleines Muttertagsgeschenk, irgendeinen läppischen Sonnenblumenstrauß, irgendeine selbstgemalte Krawatte, gar irgendeinen eigenhändig getöpferten Aschenbecher mitzubringen, der dann als kleines Dankeschön für all die Muttermühen, als kleines Vergelts Gott für all die Qualen, die so ein liebendes Mutterherz mit ihren verkommenen Bälgern, ihrem missratenen Nachwuchs, ihrem undankbaren Fruchtfleisch mitmachen muss, ein kleiner Aschenbecher also, der dann schon als kleine Erkenntlichkeit für die liebste Mama gelten, als kleine Wertschätzung für die jahrelangen, mütterlichen Strapazen durchgehen würde, unser Vincent van Gogh aber nun derart geschenklos dastand, dass er nur noch die Flucht nach vorne antreten, alles auf eine Karte, auf vollstes Risiko setzen musste und seiner Mama in Ermangelung anderer Optionen ein frischgepflücktes Ohr als dankendes Mitbringsel präsentierte?

Du hast es dir verdient!

So verdoppelst du deinen Umsatz im Network-Marketing!

Gratis Strategie-Session!

Gewinner melden sich jetzt unter oder.warum@gmx.at

Komme nie ohne Gastgeschenk: Vincent Van Gogh mit Dosen voller Ohren. Arles, 1888.

Die neuesten Holiday-Trends:

So wollen unsere Stars in Zukunft Urlaub machen!

Alle Urlaub-Details auf S. 158. (Voyager 2)

Ist es vielleicht nicht vielmehr so, dass unsere schriftliche Darstellung der Lebensgeschichte einer Person nur deshalb **Biographie** genannt wird, weil Personen zumeist höchst biologisch, ohne irgendwelche chemischen Zutaten, ganz im Sinne des besten Tierwohls hergestellt werden, Mutter wie Vater oft sogar Freilandfreilauf, sogar bestes genloses Futter zu Verfügung, sogar Zugang zu den allerbesten Alpenheuwiesen haben, auf denen sie dann den ganzen lieben Sommer, die ganze klasse Ferienzeit über herumtollen, ganz auf Wohlfühlurlaub wochenlang über die grünen Bergkämme streifen, sich zusammen in duftende Almwiesen legen dürfen, in duftende Almwiesen, in denen sich dann unser Mutter- wie auch Vatervieh durchaus näherkommt, regelmäßig zu einem völlig ursprünglichen Akt, zu einem veritablen Almenumtrieb abheben, den traditionell extrem einwandfreien Heimatsamen dann ganz ohne irgendwelche fremden Palmöle, ganz ohne irgendwelche schädlichen Zusatzstoffe und nur unter der Kontrolle eines fachkundigen Ursprungsbauern ausbringen, eigenhändig unter höchstem Eigenkörpereinsatz tief in den fruchtbaren Heimatboden der professionellen Mutter Erde einsäen?

Unglaublich ekelhaft!

So unappetitlich sind unsere Schachstars wirklich!

Alle grauslichen Details auf S. 165. (Schach-WM)

Ist es vielleicht nicht vielmehr so, dass unser **Dostojewski** nur deshalb *Der Idiot* geschrieben hat, weil unser Dostojewski sich heimlich an all den Gebrechen anderer ergötzte, sich leidenschaftlich an menschlichen Unpässlichkeiten weidete, unserem Dostojewski nichts mehr in seinem Leben erfreute als irgendeine körperliche Unzulänglichkeit, unser verkommener Dostojewski also innerlich jubelte, wenn er irgendwelche anderen Epileptiker in der Straßenbahn zappeln, irgendwelche Rollstuhlfahrer an hohen Gehsteigkanten scheitern, irgendwelche Sehbeeinträchtigte gegen heimtückische Straßenschilder laufen sah, unser völlig charakterloser Dostojewski täglich stundenlang auf öffentlichen Plätzen herumlungerte, stundenlang auf der Lauer lag, es nicht erwarten konnte, bis irgendeine kleinwüchsige Person, irgendeine an Gigantismus leidende Bohnenstange, ein aus allen Nähten platzender Nahrungsenthusiast vorbeikam, der größte

Lebenswunsch unseres verdorbenen Dostojewski letztlich sogar darin bestand, nur einmal irgendeinen spektakulären Zwischenfall, irgendeinen Zusammenprall, einen ordentlichen Raufhandel zwischen zwei solchen, vom Leben ohnehin schon schwer gezeichneten Menschen erleben zu dürfen?

Fleißig, fleißig!

Deshalb hatte unser tüchtiger Marc Chagall einen Brotjob!

Alle Gründe auf S. 107. (Marc Chagall)

Ist es vielleicht nicht vielmehr so, dass unser **Messias** nur deshalb als Gesalbter galt, weil unser Messias neben seinem Wanderpredigerhobby auch einem Brotjob nachgehen, einen ordentlichen Geldberuf, eine vernünftige Einkunftsquelle haben musste, mit der er zumindest seine Grundkosten decken, zumindest Miete, Strom und Heizung, eventuell auch noch Internet, Handy und Autoabstellplatz begleichen konnte, einen ordentlichen Brotjob also, der unseren Messias halbwegs über die Runden, halbwegs satt durchs Monat brachte und darin bestand, dass unser Messias von einem Maulesel betriebenen Karren irgendwelche dubiosen Salben, halbseidene Cremen, irgendwelche höchst fragwürdigen Schönheitspasten verkaufte, all den in die Jahre gekommenen Pharisäern, all den faltengeplagten Galiläerinnen, all den Alten von Nazareth, all den Alten von ganz Kanaan und Umgebung seine selbstgemixten Salbtinkturen verschacherte, mittels irgendwelcher völlig überzogenen Hoffnungen andrehte, mit an Betrug grenzenden Versprechen und hinterhältigster Süßholzraspelei den Runzeldamen und Tränensäckeonkels ins verknitterte Gesicht log, dass mit dieser Wundersalbe hier all die Alterserscheinungen vom schrecklichen Ischias bis hin zur unschönen Furchenfratze ein für alle Mal der Vergangenheit angehören würden?

Jeder fängt einmal klein an: Der junge Jesus (rechts) mit seiner Ware vor angesagtem Barista-Café. Nazareth, ca. 21 n. Chr.

Skandalöse Enthüllung:

So brutal ist unser Tennissport!

Alle Härten auf S. 173. (Rangliste)

Ist es vielleicht nicht vielmehr so, dass unsere **Musikinstrumente** nur deshalb heute als Geräte zum Hervorbringen von musikalisch verwendbaren Schall verwendet werden, weil das wahre Potential unserer Musikinstrumente ursprünglich gar nicht erkannt wurde, viele Menschengeschlechter vor uns, unzählige Zivilisationen, all die Hochkulturen vor der unsrigen gar nicht kapierten, wozu all diese herrlichen Geräte benutzt werden konnten, all die Hochkulturen vor uns also anstatt der Geige irgendwelche lieblichen Zupftöne, irgendwelche schwelgenden Liebesbekundungen, irgendein virtuoses Solo zu entlocken, sie einfach als Pflugscharen missbraucht, sie hinter irgendwelche ordinären Ochsen gespannt, völlig unsachgemäß als Pfeil und Bogen malträtiert haben, all diese dilettantischen Zivilisationen also die hochfragilen Akustikgitarren schändlich für irgendwelche Schlägersportarten, für Sandplatztennis, für irgendwelches Federballgespiele, gar für brutales Baseball entwürdigten, anstatt wie heute üblich jeden, vom geliebten Freund bis hin zu völlig unbeteiligten Dritten, mit seinen Gitarrenschrummkünsten, mit dem frisch gelernten Lagerfeuerlied, dem selbstkomponierten Liebeskummerblues zu beglücken, unaufgefordert zu Tränen zu rühren?

„Totale Abzocke!

So macht unsere Wüste uns allen etwas vor!

Die ganze Abzocke auf S.17.(Sahara)"

Ist es vielleicht nicht vielmehr so, dass unser **Günter Wallraff** nur deshalb in fremde Identitäten schlüpft, weil unser Günter Wallraff schon immer nicht nur Verkleidungen, kecke Kostüme, aufwendige Maskeraden liebte, sondern auch einen ausgeprägten Sinn für Gerechtigkeit, für untadelige Integrität hatte, ganz und gar also Fairplayfan war und sich so schon in frühesten Kindheitsjahren als Erwachsener verkleidet in irgendwelche einschlägigen Tanzshows, irgendwelche anrüchigen Etablissements, sich als Halbwüchsiger also schon mit aufgeklebtem Schnurbart, mit Altherrenhut und verstellter Stimme in irgendwelche unseriösen Videokabinen schmuggelte, um dort zu überprüfen, ob denn hier alles mit rechten Dingen zugehe, ob denn der Videokabinenbetreiber hier etwa nicht zu viel verlange, gar irgendwelche Phantasiepreise, irgendeine völlig überzogene

Wuchergebühr verrechne, ob denn der Videokabinenprovider den Gliedfilm nicht etwa die versprochenen zwei Minuten laufen lasse, sondern schon nach eineinhalb Minuten eiskalt ausschalte, ob denn nicht gar irgendein Etikettenschwindel betrieben werde, anstatt des angekündigten Highfidelity-Genitaldramas also irgendein alter Hechelwestern gezeigt, ein drittklassischer Unterleibskrimi gestreamt werde, der es erregungstechnisch nicht einmal mit einem ausgebleichten Handarbeitsheft aufzunehmen vermöge?

> Lecko mio, ich glaube mein Schwein pfeift!
>
> So schnell war unser Nero auf seiner Laier!
>
> Die Hochgeschwindigkeitsfakten auf S. 96.
> (Kaiser Nero)

Ist es vielleicht nicht vielmehr so, dass unser **Falco** nur deshalb der am meisten gespielte Popsänger auf den heimischen Fernseh- und Rundfunksendern ist, weil niemand erkennt, wie schrecklich schlecht, welche allermieseste Tonkunst, wie hundsmiserabel all die sogenannten Songs unseres Falco sind, nie irgendjemand in irgendeiner verkommenen Hitradioredaktion aufgestanden sein musste, nie einmal ordentlich Tacheles geredet, ordentlich aufgedreht, klargestellt haben dürfte, dass dieser gesamte Falcofirlefanz, dieser ganze Falco-Bi-Ba-Bullshit, dieser stümperhafte Hinterhofsprechgesang endlich ein Ende, ein für alle Mal abgestellt gehöre, unser Falco also sich doch besser wieder auf sein Bassspielen konzentrieren, besser wieder zurück zu der 1A-tippitoppi Drahdiwaberl-Tanzband gehen und dabei sein Zuckerschnäuzchen halten solle, während ihm die liebe Jazz Gitti wie gehabt liebevoll ein Klobürsterl in seinen Falcodarm schiebe und dabei unserem allseits beliebten Drahdiwaberl-Weber zwecks Weltrevolution ein selbstgezapftes Achterl Natursekt frisch von der eigenen Leitung kredenze?

Hitfactory: Falco (links) mit jungem Produzenten Markus Spiegel (rechts)

Müllberge, Abgaswahnsinn & Co.:

Was weiß unsere Autoindustrie?

Alle Fakten auf S. 149. (Erlkönig)

Ist es vielleicht nicht vielmehr so, dass unser **Christo** nur deshalb als Verpackungskünstler weltbekannt geworden ist, weil unser Christo nichts in der Welt mehr liebt, als Dinge auszupacken, unser Christo derart auf das Auspacken abfährt, derart auspacktechnisch abgeht, dass er schon als Jugendlicher heimlich in Supermärkten irgendwelche Waren, irgendwelche Schokoriegel, vom Wurstaufschnitt über die eingelegten Pfefferoni bis hin zum Nimm-drei-zahl-zwei-Thunfischangebot aus deren Verpackung geholt, heimlich all die eingedosten Tomaten, all die köstlichen Gemüsefische, die delikaten Bohnengerichte direkt beim Diskounter aus der Konserve genommen, unser

Christo es also mit seinem jugendlichen Entpackungswahn derart weit getrieben hatte, dass er selbst die Serbische Bohnensuppe, das ganze schmackhafte Meisterkesselgulasch aus der Fünfliterfamilienfestdose geschüttet, regelmäßig hinter einem Aktionsregal einfach nur wegen der Freude am Entpacken eine riesige Sauerei verstohlen angerichtet hatte, sodass unser junger Christo bereits in diversen Supermarktketten Hausverbot bekam, steckbrieflich gesucht, zu einer Einkaufsperson non grata erklärt und letztlich sogar polizeilich zu einem Hirndoktor gebracht wurde, zu einem Hirndoktor, der ihm dringend nahelegte, dass, wenn er schon so unbedingt etwas entpacken möchte, es doch zuvor selbst verpacken solle?

Volle Kraft voraus!

So schnell ist China in der Zukunft!

Alle nachhaltigen Fakten auf S. 146. (Sonnen-, Wind- und Bioenergie)

Ist es vielleicht nicht vielmehr so, dass unser **Jules Verne** nur deshalb als Vater des Zukunftsromans gilt, weil unser Jules Verne all seine Werke, all seine Schriften, vom großen Roman über irgendwelche Erzählungen selbst bis hin zu seinen privaten Aufzeichnungen, wirklich alles konsequent in der Zukunftsform verfasste, unser Jules Verne also völlig auf jegliche Vergangenheitsformulierungen pfiff, jede auch nur ansatzweise rückwärts gewandte Form von ihm dezidiert abgelehnt, ganz und gar verschmäht, derart verabscheut wurde, dass unser Jules Verne selbst Werkzeuge, die älter als zwei Jahre waren, nicht mehr benutzte, selbst vollfunktionsfähige, völlig unbenutzte Elektronikgeräte beim Erscheinen des neuesten Modells einfach in den Restmüll warf, selbst bei Hightechcomputern nicht etwa das monatliche Softwareupdate vornahm, sondern sich lieber einen brandneuen, einen sich noch in der

Testphase befindlichen, für zivile Stellen noch gar nicht zugelassenen Rechnerprototyp zulegte, bei dem er nicht den heutigen, sondern immer nur den morgigen Tag standardmäßig als Datum einstellte?

Zukunftsenthusiasten: Jules Verne (links) und Gattin Honorine Verne (rechts), Ort und Datum unbekannt.

V
Wissenschaft & Technik

Total versaut!

So steigert unser Nikita Chruschtschow die sowjetische Liebeskraft!

Alle versauten Fakten auf S. 91. (Katalog Quelle)

Ist es vielleicht nicht vielmehr so, dass unsere **Gravitation** nur deshalb die Wechselseitige Anziehungskraft zweier beliebiger Körpermassen ist, weil die Anziehungskraft nicht nur bei all unseren Menschen ein fundamentales Grundgesetz darstellt, sondern auch zwischen allen anderen Massen so ein grundsätzlicher Eros, eine wollüstige Dynamik, ein hochsinnlicher Drang herrscht, also jeder Planet, jeder Mond, all die Sonnen nichts sehnlicher wünschten, als einmal ordentlich mit einem anderen Himmelskörper zur Sache zu gehen, sich in einer gemütlichen Ecke der Milchstraße ausgiebig der Massenvereinigung, der gemeinsamen Kernfusion, dem gegenseitigen Planetarkörperausgriff zu widmen, nach langem wechselseitigen Umkreisen endlich intergalaktisch über sich herzufallen, sich gegenseitig den züchtigen Erdmantel vom Himmelskörper zu ziehen, eine veritable Magmaschmelze, eine zügellose Nukleusvereinigung, ausgiebig stellares Beckenschupfen zu praktizieren, also derartig ungestüme Sternenlove zu vollziehen, dass selbst dem kältesten Eisplaneten ganz heiß um die Kruste wird, selbst der verglühtesten Supernova wieder das Leuchten, selbst der fadeste Wüstenplanet wieder in Wallung kommt?

Ganz ohne Yoga und Mediation:

So ausgeglichen können unsere Zahlen trotzdem sein.

Alle Fakten auf S. 174. (Hindernislauf)

Ist es vielleicht nicht vielmehr so, dass unsere **Axiome** nur deshalb nicht bewiesen werden können, weil all unsere Mathematikermenschen einfach stinkfaule Säcke, müßiggängerische Hallodris, träge Schwerenöter sind, die anstatt sich den Kopf darüber zu zerbrechen, was denn vielleicht alles der Fall sein, wie denn alles miteinander zusammenhängen, welches geile Geheimkraftzeug denn da im Hintergrund der ganzen Zahlenwelt wirken könnte, lieber gemütlich die ruhige Rechnerkugel, derart gemächlich am Abakus schieben, dass unsere lieben Mathemenschen noch nicht einmal wirklich bis ins Unendliche gerechnet, bis heute kein einziger Rechenheini annähernd eine Reise in die unendlichen Weiten des Zahlenuniversums unternommen, nicht einmal die Zahl π π fertig aufgeschrieben, geschweige denn probiert hat, irgendwelche natürlichen Zahlen einmal ordentlich der Größe nach zu ordnen, einfach einmal alle Zahlen von Eins an aufzuschreiben, einfach einmal ein Dreieck mit vier Ecken zu konstruieren?

Caramba!

Fachmagazin enthüllt: „Früher hatten wir alle lange Hälse!"

Alle Fakten auf S. 141. (Halswirbel)

Ist es vielleicht nicht vielmehr so, dass unser **menschliches Gehör** nur deshalb Schwingungen bis zu einer Höhe von 20.000 Hertz wahrnehmen kann, weil unsere Menschen liebende Mutter Natur uns vor dem hochfrequenten Getratsche der Fledermäuse schützen, vor all der schlechten Nachrede bewahren wollte, die all die Fledermäuse über uns Menschenkinder verbreiten, gehässige Halbwahrheiten, höchstgemeine Lästereien, frei erfundene Gerüchte, die diese verbitterten Viecher nur deshalb mutwillig in die Welt setzen, weil sie uns einfach nur so verletzen, nur aus einer sadistischen Laune heraus Schmerzen zufügen, aus Spaß am Leid der anderen einfach nur all die lieben Menschen brutal im Innersten treffen, gnadenlos kränken, absichtlich für immer emotional brechen wollen, dieses Vampirgetier also schon seit jeher im ganzen Tierreich über uns Menschen nur das Schlechteste redet, uns vor all den tierischen Kollegen, den lieben Füchsen, Elefanten, Waschbären, den feschen Giraffen, all den süßen Hummeln und Hornissen wie die größten Kotzbrocken, die gemeinsten Sauschädel, die arschigsten Wappler dastehen lassen will?

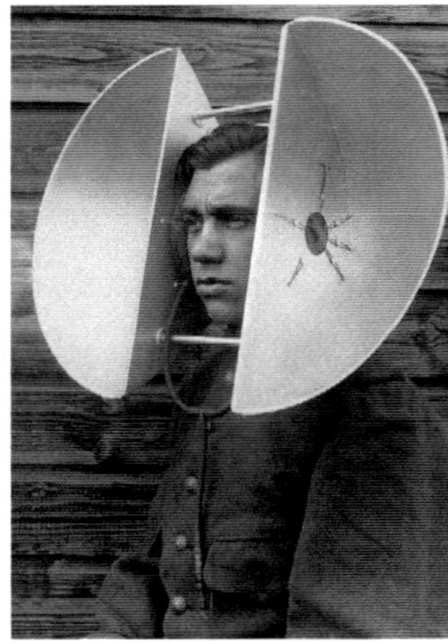

Das Wunder des menschlichen Gehörs

Heiliger Bimbam!

Papst droht: „Ich lass euch alle fertig machen!"

Alle Drohungen auf S. 93. (100-jähriger Streit)

Ist es vielleicht nicht vielmehr so, dass unser **Eisen** nur deshalb bei 1.535 °C schmilzt, weil unser Eisen beruflich einfach ordentlich durchstarten, ganz groß Karriere, richtig fett Big Business machen, also ganz groß ins Hartmetallgeschäft einsteigen wollte und dabei vom Eisenarbeitsvermittlungsamt den Rat bekam, dass es sich auf keinen Fall eine Blöße geben, keinerlei Schwäche zeigen, nicht etwa ein Metallschwachmat sein könne, unserem Eisen also mit Nachdruck nahegelegt wurde, dass es beruflich sicher nicht unter eineinhalbtausend Grad weich werden, sich irgendwelchen Gefühlsduseleien hingeben, sich jobtechnisch von irgendwelchen sentimentalen Empfindlichkeiten zu einem Emotionstrara hinreißen lassen dürfe, unserem Eisen also nachhaltig eingebläut wurde, dass jede Panzerfabrik, jede redliche U-Bootwerft, jedes selbstlose Kanonenstartup sofort mit der Kündigung winkte, wenn unser Eisen hier nur einmal auf Weichmetall, auf materialtechnischen

Warmduscher, gar auf intellektuellen Halbleiter machte, wohingegen unser Eisen ja zuhause machen könne, was es wolle, ihm niemand einen Strick daraus drehe, wenn es bei jedem noch so schmierigen Liebesrührschinken, bei jeder noch so temperierten Klaviersonate, bei jedem gefühlsduseligen Sonnenuntergang dahinschmelze?

Starphilosoph beim Fernsehen verunglückt:

So gefährlich ist unser TV wirklich!

Alle Leiden auf S. 42.
(Friedrich Nietzsche)

Ist es vielleicht nicht vielmehr so, dass unser **Carl Benz** den ersten Motorwagen nur deshalb mit nur einem PS versah, weil er all die Pferdehersteller nicht verärgern, unnötig vergrämen, den ganzen pferdeindustriellen Komplex gegen sich aufbringen wollte, Angst davor hatte, dass ihm eine renommierte Pferdemarke ein paar Schlägertypen vorbeischicken würde, Schlägertypen, die dann sein schönes Automobil mit ein paar Knüppeln unsachgemäß behandeln, mit Vorschlaghämmern unschöne Beulen, unverzeihliche Lackschäden mutwillig verursachen, nicht einmal davor zurückschrecken würden, den herzensguten Verbrennungsmotor bis zur Unkenntlichkeit zu verstümmeln, die Automobilreifen brutal mit irgendwelchen Springmessern, Kampfäxten, brandgefährlichen Wurfsternen gnadenlos aufzuschlitzen, unser Carl Benz also ordentlich davor Bammel hatte, dass ein skrupelloser Pferdefabrikant höchstpersönlich bei ihm vorstellig würde, höchstpersönlich einmal mit einer Keule vor der Türe stünde, ihm stundenlang genüsslich stocktechnisch durchmassierte, ein unschönes Gesicht, deftige Migräne, gebrochene Stelzen verpasste, auf dass unser Carl Benz endlich kapiere, dass diese Stadt, dieser Landstrich, die ganze Nation den Pferden gehöre, ein für alle Mal eine Pferdenation sei?

Weltkrieg, Untergang & Co.

Kann uns unser Lachgas wirklich retten?

Alle Fakten auf S. 49. (Lachgas)

Ist es vielleicht nicht vielmehr so, dass unser Argon und unser Helium nur deshalb **Edelgase** sind, weil sie seit jeher behaupten, dass sie schon von Geburt an einer höheren Ordnung angehörten, schon kurz nach dem Urknall, schon ab dem Zeitpunkt, an dem alle Gase entstanden waren, klar gewesen wäre, dass sie zu Höherem berufen, für eine Führungsfunktion, eine leitende Tätigkeit auserwählt, von all den kosmischen Urkräften, den höchsten Urgewalten dazu auserkoren worden wären, an der Spitze des Periodensystems, ganz oben auf der Elementarleiter, in der Chefetage all der Gase zu sitzen, unser Helium und unser Argon glaubhaft zu versichern versuchen, dass sie dadurch sicher nicht etwa irgendwie eingebildet, irgendwie hochmütig, gar versnobt wären, sondern sich durchaus auch sonntags unter das ganz normale Gasvolk mischen und sich von irgendwelchen Stick- und Sauerstoffen beim Flanieren im Park bewundern lassen würden?

Edelgas in der sechsten unverwässerten Generation

Da geht die Hutschnur hoch!

So leicht lassen sich unsere Hürdenläufer provozieren!

Alle provokanten Fakten auf S. 162. (Hürden)

Ist es vielleicht nicht vielmehr so, dass unsere **Urknalltheorie** nur deshalb die Entstehung des Universums zu erklären versucht, weil das vordringlichste Hobby unserer Urknalltheorie das Erklären ist, unsere Urknalltheorie schon am Frühstückstisch den ganzen Familienfrieden durch ihre Erklärungswut gefährdet, all der Theorienachwuchs schon die Augen verdreht, wenn unsere Urknalltheorie zur Welterklärung anhebt, wieder die Morgennachrichten lauthals kommentiert, die Nachrichtensprecher nicht nur inhaltlich, sondern auch grammatikalisch korrigiert, schon vor dem ersten Kaffee haufenweise Beschwerdemails an die Presseredaktionen verschickt, sich darüber aufregt, dass all die Sachverhalte doch schon ordentlich verkürzt, nahezu bis zur Unkenntlichkeit verzerrt, offensichtlich in Unkenntnis der Sachlage völlig unzulänglich dargestellt werden, unsere Urknalltheorie also schon fast davon ausgehen müsse, dass sie hier für dumm verkauft, für völlig beschränkt, völlig ballaballa gehalten werde, unsere Urknalltheorie sich hier also zumindest eine aufrichtige Entschuldigung, ein öffentliches Schuldeingeständnis, auf alle Fälle ein schönes Blumenbouquet mit einem höflichen Entschuldigungsschreiben erwarte?

Ist es vielleicht nicht vielmehr so, dass unsere **Dampfwalze** 1859 nur deshalb in unserem Frankreich entwickelt wurde, weil sich ein wohlhabender Bourgeoise einen Kindheitstraum erfüllen wollte, sich ein wohlhabender Bourgeoise immer schon mal ordentlich als Revoluzzer, als wilder Rebell, als Umstürzler zu gebärden trachtete, ihm aber bei jedem Aufstand dann immer justament irgendwie die Zeit fehlte, er gerade vermeintlich in Unmengen unaufschiebbarer Arbeit versank, gerade die ganze Familie ungut kränkelte, eine schreckliche Magen-Darm-Grippe abbekommen habe, er jetzt also die ganze Carearbeit, die ganze Dreckswäsche, den ganzen Haushalt also schupfen müsse, dieser wohlhabende Bourgeoise bei bestem Willen also keine Zeit für irgendwelche revolutionären Tätigkeiten gefunden hätte, nun sich aber endlich in der glücklichen Lage befinde, sich ein kleines Spielzeug, einen kleinen Bubenspaß zu gönnen, endlich auch einmal ein bisschen auf dicke Hose, auf Aufwiegler zu machen, nun endlich bei feierlichen Bällen mit der schönen Dampfwalze und der eigenen Ehefrau am Beifahrersitz würdevoll vor dem Festpalais vorzufahren?

Ist es vielleicht nicht vielmehr so, dass unsere Menschen den **Gebrauch des Feuers** nur deshalb etwa 350.000 vor unserer Zeitrechnung erlernten, weil das damalige Arbeitsamt eine riesige Joboffensive startete, ganz klar auf Zukunftsprofessionen, auf Hightechfacharbeit setzte, das damalige Arbeitsamt also schon vollumfänglich erkannte, dass unser Feuer die Technologie der Zukunft ist, in Zukunft sich alles nur noch um unser Feuer drehen würde, jeder noch so inkompetente Hilfsarbeiter, jeder noch so unqualifizierte Leiharbeitermensch, jeder Hinterhofangestellte einfach wissen müsse, welche Vorzüge so ein Feuer habe, wie klasse der geneigte Gewalttäter Hütten, ganze Siedlungen, ganze Städte in Schutt und Asche legen könne, ohne hierbei selbst auch nur einen Finger zu rühren, ohne hierbei selbst mit irgendwelchen Steinbeilen, schweren Vollholzprügeln, gar mit den bloßen Fäusten auf irgendwelche Steinzeitbuden, auf verhasste Gegenspieler, auf irgendwelche urmenschlichen Endbosse losgehen zu müssen, wieviel Zeit und Arbeitskraft hier eingespart, wie enorm hier die Effektivität, der gesamtwirtschaftliche Ertrag gesteigert und somit der Wirtschaftsstandort nachhaltig gestärkt werden könne?

Katastrophe als Chance:

So schön können Eigentore sein!

Alle Details auf S. 182. (Eigentor)

Ist es vielleicht nicht vielmehr so, dass unser Mensch nur deshalb sieben **Halswirbel** hat, weil der ursprüngliche Menschenprototyp mit seinen 28 Halswirbeln derart anmutig, grazil, derart tippitoppi aussah, eine derartige XXL-Portion Liebreiz versprühte, dass diese Menschenprototypen den ganzen Tag nichts anderes tun konnten, einfach dazu gezwungen waren, ihre schönen Hälse ineinander zu schlingen, sich gegenseitig die Langhälse mit haufenweise Knutschflecken, mit unzähligen Zuzelmalen zu bedecken, angeheizt von ihren megalieblichen Langnacken den lieben langen Tag nur dem gegenseitigen Ausgreifen, dem Stöpsel- und Erbsenreiben , der gepflegten Dauerverrichtung zu frönen, derartige Langzeitnummern zu schieben, dass diese Menschenprototypen letztlich bei all der Koitalaction völlig auf die tägliche Beuschelsuppe mit Semmelknödel, völlig auf den täglichen Gemüsereis vergaßen, nicht einmal mehr an ein herrliches Cordon bleu vom Maishenderl dachten und so letztlich beinhart von der Evolution ausgesondert, links liegen, zu Gunsten irgendeines gedrungenen, völlig unansehnlichen Kurzhalsmenschen mit Null Sinn für das Schöne aus der Entwicklung genommen wurden?

Herrschaftszeiten!

Du hättest nie gedacht, dass unsere Rüstungsindustrie so witzig sein kann!

Alle witzigen Details auf S. 152. (Amphibienfahrzeug)

Ist es vielleicht nicht vielmehr so, dass in unserem **Bergbau** nur deshalb Druckluftwerkzeuge und keine Elektrowerkzeuge mehr verwendet werden, weil sich durch das Aufkommen des gesamten Internets, all der modernen Messengerdienste, der gesamten zwischenmenschlichen Plattformen unter den Bergleuten der Brauch entwickelte, dem lieben Arbeitskollegen einen witzigen Streich zu spielen, zur Auflockerung des Arbeitsalltags mal ein bisschen Spaß in die Bude, ein bisschen Ablenkung vom harten Hackltrott zu bringen, sich also der Brauch entwickelte, dass der überwitzige Bergmann seinem Kumpel irgendwo im Stollen auflauerte, irgendwo mit einem lustigen Stromkabel auf seinen Kollegen wartete, aus einer dunklen Bergwerksecke mit Elektrode und Anode bewaffnet plötzlich hervorsprang, seinem Genossen dann derart keck die Kabel zwischen die Rippen schob, dass dieser dann so spaßig zu tanzen, besser noch als irgendein Beyoncé-Backgroundtänzer zu zappeln, urkomische Diskofreitanzeinlagen hinzulegen begann, urkomische Ausdruckstanzeinlagen also, die dann auf all den einschlägigen Videokanälen, all den fragwürdigen Chatgruppen, den zwielichtigen Foren Millionen Freunde der guten Unterhaltung, zigtausende Comedyfans, unzählige Witzbolde anzogen und den geschädigten Kumpel dann noch geschädigter zurückließen?

Bergmänner beim Planen eines Pranks.
Lankowitzer Franzschacht um 1950.

Stille Quallen!

Unser Puls packt endlich aus: „Ich weine jeden einzelnen Tag!“

Alle Details auf S. 151. (Puls)

Ist es vielleicht nicht vielmehr so, dass unsere **Diode** nur deshalb ein elektronisches Ventil ist, weil unsere Diode immer schon einen gewissen Hang zum Werturteil, immer schon eine genaue Vorstellung von Richtig und Falsch, von gerade noch Erlaubt und schon völlig Verboten hatte, unsere Diode immer schon ganz genau zu wissen vermeinte, was denn gerade so gehe und was denn nicht ginge, was denn gerade so richtig geiler Scheiß, top angesagt, das nächste Real Big Thing und was denn ein absolutes No-Go, völlig verbotenes Terrain, vorsintflutlicher Museumsmumpitz sei, unsere Diode also ganz und gar davon überzeugt ist, dass sie und nur sie das einzige elektronische

Bauteil weit und breit wäre, das zwischen hochwertigem Strom, State of the Art Elektrizität, pipifeinem High-End-Elektronenfluss und irgendeinem elektronischen Larifari, ausgemachtem Elektrohumbug, irgendeinem stromtechnischen Totalkokolores unterscheiden könne, sie einfach die einzige elektrotechnische Instanz sei, die letztlich darüber bestimme, welcher Strom hier überhaupt durch-, welches Wanderelektron hier überhaupt weiterkäme, es hier in diesem ganzen Stromzirkus zu etwas bringen werde?

Beziehungs-Fiasko! Sie führen längst getrennte Leben!

Jetzt redet Wim Wenders: „Peter Handke kann mich Buckelfünferln!"

Alle Beziehungsdetails auf S. 102. (Wim Wenders)

Ist es vielleicht nicht vielmehr so, dass unsere **Parabel** nicht nur deshalb nicht nur die Gesamtheit aller Punkte ist, die von einem festen Punkt und einer festen Gerade den gleichen Abstand haben, sondern auch eine lehrhafte Erzählung darstellt, weil unsere Mathematikermenschen für all ihre mathematischen Dinge, für all den mathematischen Firlefanz, für das gesamte Mathepipapo so schöne Namen erfunden haben, unsere Mathehirnis also bei der Namensgebung einfach pipifeine Topklasse, ganz klare erste Oberliga sind, bei all ihren einschlägigen Taufen sicher besser als ein Großteil der Literaturlullis abschneiden, feste Punkte dann gleich Brennpunkte, feste Geraden gleich ganz bedeutungsschwanger Leitlinien nennen und damit sogleich all unsere Literaturmenschen derart blöd dastehen lassen, dass sich unsere Literaturheinzis, von unserem Seicherldichter bis hin zu unserem Rabiatromancier, von unserer Westentaschenlyrikerin bis hin zu unserer Dampfplauderin, sich also all unsere Schreibknechte dazu gezwungen fühlen, all die schönen Wörter übernehmen zu müssen, ohne auch nur ansatzweise zu wissen, was denn eigentlich unser Brennpunkt, unsere Leitlinie, unsere Parabel denn überhaupt ist, sich also dazu gezwungen fühlen, auf exakte Hirnakrobatik, auf harte Naturwissenschaft zu machen?

ET-Geheimakten!

Was weiß unser Präsident Roosevelt wirklich über die Außerirdischen?

Alle geheimen Fakten auf S. 74. (Roosevelt)

Ist es vielleicht nicht vielmehr so, dass unser 1898 fertiggestellter **Motorwagen** namens **Präsident** nur deshalb das erstes Automobil mit Stoßstange war, weil sich nun endlich einer unserer geliebten Automobilhersteller dazu entschloss, endlich die Diktatur der Pferdeindustrie zu beenden, endlich die selbstherrliche Gewaltherrschaft all der Pferdezüchter, all der überheblichen Rosskutschenhersteller, die gesamte gaultechnische Industrie zu brechen, endlich die demokratische Fahne der freien Fahrt, des freien Verkehrs, der unabhängigen Fortbewegung zu hissen, endlich also diese unerträgliche Abhängigkeit von Heu und Hafer zu beenden, auf dass all die Fortbewegungsfans, all die geknechteten Verkehrsenthusiasten endlich zwanglos, ohne irgendwelche Einschränkungen, ohne von irgendwelchen animalischen Empfindlichkeiten abhängig zu sein, endlich durch die freie Welt flitzen könnten, unsere geliebten Automobilhersteller mit ihrer Stoßstange nun endlich selbstlos ein Werkzeug zur Verfügung stellten, mit der sich der Ottonormalmobilist gegen all die übergriffigen Pferdeattacken, die hinterhältigen Rossgemeinheiten, ja selbst gegen einen außer Kontrolle geratenen Automobilkollegen zur Wehr setzen konnte, also eine Stoßstange zur Verfügung stellten, die der ganzen Welt einmal zeigen sollte, wie denn echte Freiheit so gehe?

Allererste Boxübertragung:

Insider packt aus: „Wir haben alle nur verarscht!"

Alle Fakten auf S. 182. (Boxkampf)

Ist es vielleicht nicht vielmehr so, dass unser erster amerikanischer **Computer ENIAC** nur deshalb 20 Sekunden für das Lösen eines mathematischen Problems brauchte, weil das mathematische Problem nicht etwa vom Computer selbst, sondern vielmehr von einer indischen Rechenzentrale, einer Unmenge hochqualifizierter Matheinder, einem Haufen enthusiastischer Turmrechenspezialisten gelöst wurde, also von glühenden Vollblutkalkulierern gelöst wurde, die der Computerfirma letztlich nicht nur billiger als dieser gesamte Platinenentwicklungsschmafu kamen, sondern auch für diese paar Cent Monatslohn 14 Stunden am Tag auf Teufel komm raus addierten, für einen feuchten Händedruck, ein liebes Dankeschön und Vergelts Gott gern auch täglich ein paar Überstunden schoben, für die Aussicht einmal in der freien Welt als Kassierer beim edlen Billigdiskounter dienen zu dürfen, gern mal das eine oder andere Jahr kostenfrei ihre Rechenleistung erbrachten, Gleichungen höchster Ordnung, schwerste mathematische Jahrhundertprobleme enträtselten, auf dass die so unter Druck stehende Computerfirma, der arme, steuergepeinigte Computerbetrieb letztlich doch noch die geschürten Erwartungen, das gesamte Plansoll erfüllen konnte?

Chinesische Erde im Death Valley:

3 unglaubliche Dinge, die du darüber wissen musst!

Alle Fakten auf S. 27. (Death Valley)

Ist es vielleicht nicht vielmehr so, dass unser China 1985 nur deshalb ein Dorf fertigstellte, das seine ganze Energie aus **Sonnen-, Wind- und Bioenergie** bezieht, weil unser China es allen einmal vor Augen halten, allen einmal beweisen, ein für alle Mal Zeugnis davon ablegen wollte, dass unsere harte, aber herzliche chinesische Führung es energietechnisch wirklich draufhabe, selbst all die Naturgewalten von der lieben Sonne über den werten Herrn Blasius bis hin zu den ungustiösen Verrottungsgasen unserer chinesischen Führungsmannschaft zuspielten, all die Elementarkräfte offensichtlich gänzlich auf Parteilinie seien, Mutter Natur derart also ganz und gar hinter den Entscheidungen unserer Volksrepublik stehe, dass selbst unsere so darmwindgeplagten Rinder es mit größter Freude hinnähmen, wenn ihnen von Staats wegen der eine oder andere Leibwind abgenommen, der ohnehin ansonsten recht unnütze Flatterfurz, der ekelige Eierschaß von unseren braven Funktionären zwecks sozialistischen Aufbaus abgesaugt würde?

Chinesische Ingenieure bei der Entwicklung von neuen Sonnenenergietechniken. Shenzhen, 1986.

Eiskalte Weltspitze des Schmerzes:

3 unglaubliche Fakten, die du über unsere Eisspeedwayfahrer wissen musst!

Alle Fakten auf S. 164. (Eisspeedwayfahrer)

Ist es nicht vielmehr so, dass unser erstes **Kernkraftwerk** nur deshalb 1954 in unserer Sowjetunion in Betrieb genommen wurde, weil unsere Sowjetunion der Nummer eins Produzent von Kernöl, die größte Nummer, die unangefochtene Weltspitze der kürbisverarbeitenden Industrie darstellte, der Kürbiskernertrag bis in die 1950er Jahre einfach das Vielfache des vorgeschriebenen Plansolls, das Zigfache all der Kürbiskernproduktionsziele überschritten hatte, all die sowjetischen Gemüseverantwortlichen, all die obersten Kürbiskernräte, selbst das Zentralkomitee nun nicht mehr recht wusste, was mit all dem Überschuss gemacht werden solle, wohin denn die Kolchosen all die Kürbiskerne liefern, welches Produkt denn noch aus diesem Rundgemüse gefertigt werden könne, all unsere Bewohner der sozialistischen Sowjetrepubliken schon grämlich wurden, wenn ihnen schon wieder ein Kernölprodukt, schon wieder irgendein Kernölaufstrich, eine Kürbiskernschnitzelpanier, irgendein Kernölspezialkuchen mit Kernöltoping und Kernölcreme, schon wieder irgendwelche Kernöllotionen, Kernölduschgels, Kernölschnäpse vorgesetzt wurden, alle die Schnauze schon von all den Kernölfabrikaten derart voll hatten, dass sie die Flucht in den kürbiskernfreien Westen antraten und unser Josef Stalin einfach handeln musste, der Stählerne also nun kurz vor seinem Tode höchstpersönlich noch anordnete, dass ab nun an all die Kürbiskerne in entsprechenden Kraftwerken dem Feuer übergeben werden sollten?

Ist es vielleicht nicht vielmehr so, dass ein noch geheimes Kfz-Modell, das getarnt auf öffentlichen Straßen erprobt wird, nur deshalb **Erlkönig** heißt, weil all unsere lieben Automobilunternehmen, all unsere fleißigen Fahrzeugzulieferbetriebe, die gesamten hochverehrten Kfz-Hochindustriefirmen schon seit geraumer Zeit ganz genau wissen, was sie tun, ganz genau intus haben, was denn unsere Auspuffe für ungute Hobbies, welchen ungünstigen Zeitvertreib unsere Abgasanlagen nachgehen, auf welche eher gravierende Art und Weise unsere Auspuffrohre sich als Umweltrambos aufspielen, sich als ausgewachsene Freddy Kruegers, als Michael Myers, gar als Pennywise der Killerclown plötzlich mit irgendeinem Schneideutensil, mit einem Hieb- und Stichwerkzeug plötzlich vor der globalen Atmosphäre stehen, als Hellraiser zusammen mit irgendeinem Chainsaw-Psycho plötzlich die Kettensäge anwerfen, unsere Schlotbarone also ganz genau wissen, wie das mit den Kindern bei ES so endet, wie das Ganze so ausgeht, sie aber ob all der völlig alternativlosen Verbindlichkeiten, all der gefährdeten Arbeitsplätze, ob der schrecklichen Kurseinbrüche einfach nicht offen reden, mal ganz klar auf Tacheles machen, sondern lediglich durch die Blume diesen lauten Hilfeschrei loslassen können?

> Hilfeschrei in der Tierwelt:
>
> Verzweifeltes Schnabeltier bricht das Schweigen: „Für das Emu war ich immer nur der kleine Depp!"
>
> Alle Fakten auf S. 29. (Tasmanien)

Ist es vielleicht nicht vielmehr so, dass **Jacques Cousteau** nur deshalb das erste Pressluftauchgerät erfand, weil unser Jacques Cousteau immer schon auf ungehörige Art und Weise mit Pressluft experimentierte, sich zum Amüsement seiner Gattin und

> Pfui! So sexistisch ist unser Bobsport!
>
> Bobstar regt mit Sager auf: „Männer sind die besseren Frauen."
>
> Alle Fakten auf S. 176. (Frauen Fünferbob)

durchaus auch zur eigenen Erregung, zum wollüstigen Aufpeppen des ansonsten so langweiligen Meeresalltags, zum frivolen Würzen seiner kleinen Unterwasserwelt fast täglich irgendein Körperteil mittels Pressluft aufpumpte, irgendwelche inneren Organe mit Luftdruck zu füllen versuchte, all seine Körperöffnungen regelmäßig mit entsprechenden Schläuchen, entsprechenden Leitungen, mit hochkomplizierten Druckventilen versah, sogar die zarte Hauthülle um sein Nudelköpfchen, dieses süße Schutzhäubchen am Cousteau'schen Schwänzchen über die Jahre hinweg mit Druckluft derart gedehnt hatte, dass seine überdimensionale Gliedhaube ihm nun im aufgeblasenen Zustand als Sicherheitsboje dienen konnte, sie ihn sogar schon mehrmals vor dem sicheren Ertrinkungstod, vor dem schnorcheltechnischen Untergang rettete und unser Jacques Cousteau dann letztlich nur aufgrund eines hochglücklichen Zufalls, eines wohlwollenden Lächelns Fortunas, aufgrund einer zerstreuten Unachtsamkeit das Druckluftatemgerät erfand, eines Zufalls, bei dem er versehentlich nicht sein Zumpferl, sondern seine Lunge aufpumpte?

Total blämbläm!

Süße Lämmer als Waffen! Neuseeländisches Geheimprogramm aufgeflogen!

Alle Fakten auf S. 21. (Neuseeland)

Ist es vielleicht nicht vielmehr so, dass der **Totenkopf** auf unseren Verpackungen nur deshalb darauf hinweist, dass der Verpackungsinhalt giftig ist, weil unsere Musikindustrie in den frühen 1980er-Jahren unermüdlich an einem geheimen Plan, einem riesigen Komplott, einem arglistigen Gegenangriff gegen all die gemeinen Raubkopierer, gegen all die fiesen Kassettenbandpiraten, die Kompaktkassettenfreibeuter starten wollte, unsere musikerzeugende

Industrie schreckliche Angst vor der unentgeltlichen Verbreitung all der schönen Tophits, der monetär völlig unkontrollierten Weitergabe all der herrlichen Gassenhauer, vor der gesamten Enteignung all des geistigen Eigentums hatte, dass all unsere Audiobetriebe all den Audiopiraten einmal dergestalt auf die Pelle rücken, die Hölle heiß, auf Zappzarapp machen wollten, dass sie sich mit unserer Verpackungsindustrie auf ein Packerl warfen, mit Nachdruck und brutaler Marktkraft darauf bestanden, dass all die Gifte, all die tödlichen Schadstoffe, all die toxischen Gesöffe nur noch mit Totenköpfen gekennzeichnet werden sollten, auf dass all die Piraten dann durch die Totenköpfe angelockt glauben würden, dass es sich bei all den Giftstoffen hier um Piratenspezialgetränke handle?

Piratengetränk von
Universal Music.
Los Angeles, 1981.

Ist es vielleicht nicht vielmehr so, dass unser **Puls** täglich nur deshalb 100.000 Mal schlägt, weil unser Puls ein Plansoll, genau festgelegte Zielwerte, klar definierte Mindestanforderungen erfüllen muss, tagtäglich einem derart enormen Hochleistungsdruck ausgeliefert ist, dass unser Puls morgens vor der Arbeit schon nervlich völlig fertig in seinen Morgenkaffee weint,

Morgenroutine unserer Stars:

So beginnt unsere Urknalltheorie ihren Tag!

Alle Fakten auf S. 139. (Urknalltheorie)

sein Morgentoast unter den heftigen Tränen sich schon aufzulösen beginnt, tränengetränkt schon ganz schlabbrig, mehr so Richtung Semmelkrenkonsistenz geht, all der Rotz, all das Weinwasser wie Bäche aus seinem Gesicht stürzen, Weinwassermassen, die jegliche Morgentoilette, jegliches Zähneputzen, jegliche Katzenwäsche unmöglich machen, an Rasieren ohnehin nicht zu denken ist, unser Puls also derart unter Hochleistungsdruck leidet, dass er zwecks Pflichterfüllung all den Pressure gleich nach unten weitergibt, all unsere armen Blutblättchen, unser armes Plasma derart drangsaliert, derart drucktechnisch auf die Pelle rückt, dass all unsere Leukozyten morgens ebenso nervenschwach in den Spiegel weinen, unter literweisen Tränenfontänen verzweifelt probieren sich ein Gesicht ins Gesicht zu malen?

Das Erfolgsgeheimnis unserer Stars!

So wurden unsere Beatles berühmt!

Alle geheimen Details auf S. 64. (Beatles)

Ist es vielleicht nicht vielmehr so, dass unsere **Amphibienfahrzeuge** nur deshalb einen Bootskörper als Karosserie besitzen, weil unsere Ingenieure immer schon größte Freude daran hatten, Menschen einen witzigen Streich zu spielen, mit urkomischen Verrücktheiten, närrischen Einfällen für ein bisschen Spiel, Spaß und Spannung zu sorgen, all die erholungswütigen Strandurlauber, die sportlichen Beachboys, all die aufgetangaten Tanten am Küstengestade mit ein paar hochtechnischen Tollereien, konstruktionstechnischen Bizarrerien, mit Hightechulken zu unterhalten, ganz unvermittelt also mit irgendeiner pfiffigen Neuerung, einem witzigen Panzer, irgendeiner launigen Weitstreckenhaubitze am Badestrand aufzutauchen, überraschend all den Sonnenanbetern ein bisschen mit ihrem Kanonenrohr freundlich entgegenzuwinken, waffentechische Witzigkeiten also, die aber unseren Ingenieuren dann irgendwann nicht mehr reichten, einfach showmäßig zu wenig, auf der Ergötzungsskala viel zu weit unten waren, sodass sie ihren neuesten Jungbubenstreich planten, unsere Urlauber also nun nicht mehr nur vom Land her mit ihren witzigen Einfällen überraschen, sondern einfach auch einmal vom Wasser aus für köstliche Unterhaltung, allseitiges Gelächter, für Entertainment auf höchstem Niveau sorgen wollten?

Tauziehen um Sicherheitsgurte:

Mit diesem Argument umgehst du jede Pflicht!

Alle Argumente auf S. 62. (Sicherheitsgurtenpflicht)

Ist es vielleicht nicht vielmehr so, dass die Testpuppen bei Crashversuchen unserer Automobilindustrie nur deshalb **Dummies** genannte werden, weil unsere Testpuppen echten Testfahrern, leibhaften Testpersonen, also ganz und gar fleischlichen Versuchsmenschen den Job wegnahmen, echten menschlichen Einzelwesen einfach die Arbeit klauten, einfach die Stelle stahlen, unsere Testpuppen die selbe Arbeit nun nicht einmal mehr für einen Bruchteil des Lohns, sondern nur für die Lust und Freude, einfach nur wegen des so herrlichen Nervenkitzels machen, nicht einmal ein kleines Dankeschön, kein besorgtes Nachfragen bezüglich des werten Befindens, nicht einmal irgendeine Diskontunfallversicherung verlangen, sondern pflichtbewusst im Dreischichtbetrieb 24 Stunden am Tag sowie sieben Tage in der Woche mit höchstem Genuss gegen irgendwelche Steinmauern preschen, mit vollem Karacho ohne Sicherheitsgurt, ohne doppelten Boden, ohne irgendwelche memmenhaften Sicherungsnetze genüsslich in eine Wand köpfeln, sich unsere Testpuppen letztlich nicht einmal daran stoßen, dass die Crashtestchefs sie nun ganz offen demütigen, ganz offen erniedrigen, sich nicht einmal mehr die Mühe machen, sie hinter vorgehaltener Hand Dummies zu nennen?

Bullshitjob
Crashtestdummie

So tief wie nie!

3 kuriose Fakten, die du über das tiefste Loch aller Zeiten wissen musst!

Alle Fakten auf S. 157. (tiefste Bohrung)

Ist es vielleicht nicht vielmehr so, dass unser Hermann Hollerith nur deshalb die **Lochkarte** erfand, weil unser Hermann Hollerith der größte Lochliebhaber, mit Abstand der passionierteste Lochnarr des gesamten 19. Jahrhunderts war, bis heute noch als der glühendste Lochfex aller Zeiten gilt, unser Hermann Hollerith nicht nur das größte und vor allem bestsortierteste Lochmuseum des gesamten Erdenrunds unterhielt, in dem er vom kleinsten Löchlein bis hin zum mordstrumm Überloch, vom ordinären Rundloch bis hin zum kompliziertesten Mehreckloch, vom gemeinen euroasiatischen Kontinentalloch bis hin zum exotischen, mikronesischen Atollloch jegliche nur erdenkliche Lochform hortete, also nicht nur die weltgrößte Lochsammlung unterhielt, sondern auch selbst gerne lochtechnisch Hand anlegte, all seine Kleidung, von Schuh bis Hut mit Löchern übersäte, all seine Möbel, all sein Hab und Gut mit Löchern versah und letztlich sogar völlig auf jegliches lochlose Schreiben, jegliche lochlose Kommunikation, also auf jegliche lochlose Mitteilung verzichtete, von seinen Locherkundungsreisen nur noch Ansichtskarten mit haufenweise Löchern nach Hause schickte?

Killerquallen,
Mörderkraken & Co.

Diese schrecklichen Gefahren lauern in unserem Mittelmeer!

Alle Fakten auf S. 34. (Mittelmeer)

Ist es vielleicht nicht vielmehr so, dass unser **Halleyscher Komet** nur deshalb 1986 wieder erscheinen wird, weil unser Halleyscher Komet einfach zu viele Hollywoodfilme, zu viele bombastische Blockbuster, einfach zu viele Endzeitstreifen gesehen hat und sich nun einfach derart mit all den mahnenden Actionfiguren identifiziert, also derart auf all die Actionkassandras steht, dass er keinen Ausflug mehr ans Meer machen kann, ohne vor den schrecklichen Gefahren der Meerestiefen zu warnen, auf die gewaltbereiten Haifische, die gnadenlosen Killerquallen, auf die brutalen Riesentiefseekraken hinzuweisen, darauf hinzuweisen, dass all dieses boshafte Unterwassergetier mit schonungsloser Härte, unnachgiebiger Strenge, mit eiserner Flossen- und Fangarmfaust gegen jeden Schwimmmenschen vorgehe, unbarmherzig jedem Taucher, jedem Flachwasserschnorchler ein bis zwei Beine, gar alle Arme samt dazugehörigen Torso abreiße, einfach so aus Spaß an der Gewalt einem sportlichen Langstreckenschwimmer den Kopf abnage, einfach so zwischendurch mal Rache an einem harmlosen Hobbyangler nehme, unser Halleyscher Komet uns also 1986 wieder davor warnen wird, dass wir unsere süßen Ärsche besser hier aus dem Wasser schwingen, unsere süßen Zehen besser nicht in dieses haiverseuchte Becken stecken sollten?

Arme Wirtschaftskapitäne!

So schwer leiden unsere braven Großmagnaten!

Alle Leiden auf S. 87.
(Brot)

Ist es vielleicht nicht vielmehr so, dass unser **Bizeps** sich nur deshalb vom Schulterblatt zum Unterarm zieht und dabei den Arm beugt, weil unser Bizeps sich immer schon als großer Vermittler, als selbstloser Mediator, als aufopfernder Schlichter gesehen hat, schon immer nur das Allerbeste für alle Beteiligten, nur ein bisschen Harmonie, ein bisschen Teamgeist stiften, also Friedensarbeit leisten wollte, unser Bizeps sich also schon von jeher als einer der größten Vereiniger sah, der für all seine edelmütigen Bemühungen, all seine völlig uneigennützigen Initiativen, seinen selbstaufopfernden Einsatz für die verbindende Sache nicht einmal ein leises Dankeschön, nicht einmal ein kleines Blumensträußchen, eine wertschätzende Bonboniere verlange, völlig von irgendwelchen hochoffiziellen Ehrungen, irgendwelchen Übergaben, von allen Lebenswerkauszeichnungen Abstand nehme, unser Bizeps nur ausnahmsweise bei Drängen höchster Staatshäupter, Nobelpreiskomiteevorsitzender, durch inständiges Bitten des UN-Generalsekretärs einer Minimalvariante einer Huldigung zustimme?

Ist es vielleicht nicht vielmehr so, dass unsere **Seemeile** nur deshalb ein Längenmaß ist, weil unsere Seemeile einfach zu den abgehängten Maßeinheiten, zu den marginalisierten Kenngrößen gehört, als ausgeschlossener Bodensatz der Messwertwelt abgestempelt, derart auf das dimensionstechnische Abstellgleis verbannt wird, dass unsere Seemeile morgens schon endlich in die Ewigen Datenwolken eingehen, endlich die letzte Zahl, die allerletzte Wertangabe ausspucken will, unsere Seemeile jetzt nicht einmal mehr dazu die Kraft hat, sich den sehr duften Sonnenaufgang anzusehen, anzusehen, wie sich die alte Glutkugel so lässig über den Horizont schiebt, zuckersüß über das Meereswasser winkt, selbst den verhärmtesten Miesepeterseelen ein Lachen abringt, ein Lachen, das unserer Seemeile schon lange vergangen, schon lange abhanden, tschari gegangen ist, weil ihr die schöne Welt der höheren Ordnung, all die Freuden der Flächenmaße, das Ansehen der Quadratkilometer, die Erhabenheit des Hohlmaßes, all der Großmut des feinen Schüttraummeters für immer vorenthalten bleiben wird?

Von der Traumdestination zur Horrorinsel!

Warum du dich im Urlaub vor Wasserstoffbomben fernhalten solltest!

Alle Holiday-Fakten auf S. 93. (Wasserstoffbombe)

Ist es vielleicht nicht vielmehr so, dass die **tiefste Bohrung der Welt** nur deshalb auf unserer sowjetischen Halbinsel Kola durchgeführt wird, weil ebendort die Bohrindustrie derart stark ist, dass sie in den letzten Jahrzehnten solange haufenweise Bohrwerkzeuge, tonnenweise Lochartikel, schwerste Stanzgeräte erzeugte, bis diese dann überall auf unserer Halbinsel Kola ungebraucht in

Der neueste Modetrend im Pipelinebau:
So schön bauen die Sowjets wirklich!

Alle Beauty-Tipps auf S. 31. Pipeline)

der Gegend rumgammelten, überall noch frisch verpackt, fabrikneu auf harten Einsatz, auf heldenhafte Inanspruchnahme, schonungslose Nutzung hofften, solange also Bohrapparate hergestellt wurden, bis unsere ganze schöne Halbinsel Kola schon aus allen Nähten platzte, von all den Hilfsmitteln, all den unbenutzten Maschinen schon überquoll und letztlich ein findiger Bohrmaschinenmensch den rettenden Einfall hatte, einfach ein möglichst tiefes Loch zu bohren, in dem dann all die lästigen Erzeugnisse, all die unliebsamen Produkte, die nervigen Fabrikate verschwinden könnten, sich all die Bohrmaschinen also als Bullshit-Job ihr eigenes Grab graben würden?

Horror-Planet Sonne:

Darum will unser Stephen King nur mehr über den Fixstern schreiben!

Alle Horror-Fakten auf S. 55. (Stephen King)

Ist es vielleicht nicht vielmehr so, dass unsere 1977 gestartete **Voyager 2** nur deshalb 1989 unseren Neptun erreichen wird, weil unser Voyager 2 immer schon höher hinaus, immer schon nur die unangefochtene Topspitze, die unantastbare Autorität am Satellitensektor sein, all ihren Vorfahren, ihren schon neidischen Familienmitgliedern, der ganzen Kosmos-Clique einfach einmal zeigen wollte, wie Weltallerforschung, gekonnte Galaxieneroberung, galaktische Horizonterweiterung denn eigentlich ginge, welchen orgiastischen Tiefenrausch so ein Sternenausflug bescheren, welche erkenntnistheoretische Wollust, welch hochphysikalische Lüsternheit, welches astronomische Achterl dann dem geneigten Sterngucker abgehen könne, wenn nach zwölf Jahre langem Tantrawarten, nach jahrzehntelangem Sehnen, nach tapfersten Ausharrjahren unsere unerschrockene Voyager 2 uns dann endlich all die Neptunhügel, all die Neptunbecken zeigt, auf denen dann das beste aller Menschengeschlechter die allerbesten aller möglichen Welten weiterbauen, unsere herrliche Zivilisation weiter ins Weltall hineintragen, als Perle der Schöpfung das ganze dunkle All erleuchten lassen könne?

Voyager 2 (links) zeigt Laika (rechts) die unschlagbaren Vorzüge des freien Westens. Weltall, 1978.

VI
Sport & Vergnügen

Größenwahn!

Der längste Mensch der Welt gesteht: „Mit diesen Tricks wurde ich 2,72m lang!"

Alle Tricks auf S. 58. (Robert Wadlow)

Ist es vielleicht nicht vielmehr so, dass unsere Hürdenläufer nur deshalb fünf **Hürden** umwerfen dürfen, weil auch diesen Hürdenläufern eine Chance gegeben werden soll, die emotionstechnisch etwas einfacher gestrickt, nicht ganz so empathisch, ja fast schon etwas massiv grobschlächtig veranlagt sind, diese Hürdenläufer die Hindernisse nicht ganz so akzeptieren, nicht ganz so hinnehmen können, dass sich ihnen so etwas wie ein Hindernis einfach so in den Weg stellt, sich so eine Unbill getraut, ihnen einfach so vor das Gesicht zu treten, wo doch jeder wisse, dass sie so eine Provokation nicht einfach stehen lassen, so eine skandalöse Entgleisung nicht unbeantwortet, eine derartige Anmache so einfach wegstecken würden, jeder normale Hürdenläufer ja gar nicht anders könne, als den werten Herrn Hindernissen einmal zu zeigen, wo denn der Bartel den Most herhole, der Hürdenhammer eigentlich so hänge, wie denn Hindernisaction denn so wirklich gehe, sich die werten Herrn Hindernisse also nicht einzubilden bräuchten, dass sie gar etwas Besonderes, feine Herrschaften, ausgemachte Hirnis wären, wo doch jeder sähe, dass man ganz einfach durch sie durchsteigen könne?

Schweres Leid, Untergang & Co.:

Kann uns das SOS-Signal wirklich retten?

Der ganze SOS-Test auf S. 57. (SOS-Signal)

Ist es vielleicht nicht vielmehr so, dass unsere Radrennfahrer in einem **Ausreißversuch** nur deshalb plötzlich ihre Geschwindigkeit erhöhen, weil sie all diese Qualen nicht mehr aushalten, nicht mehr aushalten, dass sie sich ihre gesamte schöne Arschpartie mit ihren viel zu kleinen Sätteln, ihren stahlharten Sitzvorrichtungen der Marke Opus Dei derart geschrottet haben, dass selbst versierteste Medizinmänner hier nicht mehr vernünftig von einem Arsch, sondern lediglich von einem arschähnlichen Gebilde zu sprechen gewillt sind, einem arschähnlichen Gebilde, das nur noch aus panzerharter Hornhaut, aus knallharten Geschwülsten, undurchdringlichen Schutzschichten besteht, die selbst Schildkröten neidisch, selbst irgendwelche raketensicheren Schutzpunker ehrfürchtig werden lassen, einem arschähnlichen Gebilde, das nicht einmal mehr seinen Grundfunktionen nachgehen, Stuhl ordnungsgemäß abseilen, entsprechende Würste geschmeidig in den Orkus gleiten, im besten Fall vielleicht gerade mal noch Gase ablassen kann, aber schlussendlich sogar etliche Radrennprofis zu künstlichen Ausgängen zwingt, Qualen also, die sich ein normaler Radmensch, ein gemütlicher Lastenradlenker nicht einmal ansatzweise vorstellen will, also Qualen, die nur durch einen schnellen Sieg vorzeitig beendet werden können?

Ist es vielleicht nicht vielmehr so, dass unsere 25 Kilometer östlich von Berlin gelegene **Galopprennbahn Hoppengarten** nur deshalb am 17.05.1868 verspätet eingeweiht wurde, weil dem dorfansässigen Pfarrer kurz vor der Hoppengarteneröffnung doch tatsächlich die höchstpersönliche Muttergottes Maria erschienen, im schönsten blauen Retrofummel plötzlich da vor ihm gestanden war, im schicksten Retrofummel, aus dem ihre nackten Füße hervorlugten, plötzlich dagestanden war und Mama Maria den Dorfpfarrer dann umgehend und mit

> Oft müde?
> Ständige Unruhe?
> Dauerndes Unwohlgefühl?
>
> Zeit für eine Seelenreinigung!
>
> Heilungsanmeldung unter oder.warum@gmx.at

entsprechend göttlichem Nachdruck dazu aufforderte, diese nicht unbedingt gepflegten, nicht etwa mit einer peppigen Frenchpediküre auf Hochglanz, nicht etwa mit entsprechenden Hornhautraspeln und Spezialölen auf Vordermann gebrachten Gottesmutterlatschen ehrerbietend zu küssen, hochachtungsvoll mit ein bisschen Zungenspitzeneinsatz zu bedenken, letztlich sogar noch eine andächtige Fußmassage zu geben, eine andächtige Fußmassage, die ja sicher nichts anderes als eine Respektbekundung, ganz normale Huldigung, nichts anderes als ein bisschen züchtiger Gottesdienst sei, sicher niemand hier jemandem einen Vorwurf machen, hierin gar etwas Anstößiges, gar irgendetwas Wollüstiges finden könne, niemand gar auf die Idee kommen könne, dass an so schmutzigen Sohlen, so stinkenden Sockenfüßen, an diesen ausgewachsenen Käseprackern hier also auch nur irgendetwas Sündiges sein könne, der werte Herr Gottesmann jetzt gar nicht so schauen müsse, die Ausrede, dass er hier noch schnell wo hin, irgendeine Galopprennbahn einweihen müsse, hier nicht gelten gelassen werde?

> Schuhwahnsinn!
>
> Unser Nikita Chruschtschow zieht während UN-Sitzung Schuhe aus!
>
> Alle Details auf S. 86.
> (Nikita Chruschtschow)

Ist es vielleicht nicht vielmehr so, dass unsere **Eisspeedwayfahrer** nur deshalb schwere Stahlschuhe tragen, weil alle Speedwayfahrer nicht etwa für ihr Leben gerne zehengeschützt mit ihren Speedwaymaschinen im vollsten Karacho im Eiskreis preschen, zehengeschützt ihr Mopedhinterteil in den Kurven kommen, es mit ihren mit Langnägeln beschlagenen Reifen und durchdrehendem Vollgas gerne schneien lassen, nicht etwa wie die Morphinistin nicht mehr vom köstlichen Benzindampf loskommen, tagtäglich sich ihre

Adrenalininjektion für eine ruhige Hand abholen müssen, sondern alle quer durch die Speedwaybank schwere Masochisten sind, leidenschaftliche Selbstbestrafer also , die in ihren Stahlschuhen weder Socken, noch irgendwelche wärmenden Einlagen tragen, nicht einmal Feinstrumpfsöcklein, dünnste Füßlinge, geschweige denn dicke Thermostrumpfhosen anhaben, sondern sogar noch nach dem Rennen zum Beweis ihrer vermeintlichen Kälteunempfindlichkeit mit ihren schweren Stahlschuhen noch ein paar Extrarunden am Eis spazieren, ein paar Pirouetten drehen, solange ein bisschen grazil dahinschlittern, bis sich im Stahlschuhinneren bereits die Zehen zu schwärzen beginnen, all die Speedwayfahrer dann nur noch mit größter Mühe, mit übermännlichster Männerkraft, stahlhärtestem Willen versichern, dass das in ihrem Gesicht sicher kein Schmerz, sondern nur purste Schönheit sei?

Das Geheimnis des Koloss von Rhodos:

Du hättest dir niemals gedacht, dass er durch einen solch hinterhältigen Grund erbaut wurde.

Alle Gründe auf S. 36. (Koloss von Rhodos)

Ist es vielleicht nicht vielmehr so, dass unser Dr. Robert Hübner nur deshalb 1981 beinahe ins Endspiel um die **Schach-WM** gekommen wäre, weil unser Dr. Robert Hübner, der nur über äußerst beschränkte Schachkenntnisse verfügte, völlig untalentiert, ein totales strategisches Nackerpatzl war, für das Folgerichtigkeit keinerlei Bedeutung besaß, für den Logik sowieso völlig überbewertet, all die schachtechnischen Regelwerke ohnehin nur vage Empfehlungen zu sein schienen, weil sich unser Dr. Robert Hübner also ausschließlich auf sein Gespür für unsportliches Verhalten, gemeine Schachfouls, hinterhältige Untergriffigkeiten versteifte, bei denen er seine Schachgegner dadurch völlig aus der Konzentration riss, dass er unentwegt an seinem Sunkist nuckelte, extra laut am Strohhalm zog, mit scheinheiligem Grinsen im Gesicht da nach Saft schlürfte, wo schon lange kein Saft mehr war, unser verschlagener Dr. Robert Hübner nicht einmal vor völlig indiskutablen Gasangriffen zurückschreckte, vor jedem Spiel haufenweise Hülsenfrüchte jeder Art, kiloweise Weißkohl, Rettiche ohne Ende vertilgte, die schrecklichen Flatulenzen dann lautlos Richtung Kontrahenten drückte, seinen Gegner diese halluzinogenen Darmgase dann nur in kleinen Wölkchen peu à peu solange homöopathisch verabreichte, bis diese letztlich scheinbar plötzlich vom Stuhl kippten und aufgaben und unser Dr. Robert Hübner dann letztlich derart WM-siegessicher war, dass er im Halbfinale versehentlich seinen Schließmuskel gar so sehr lockerte, dass ihm ein für jeden deutlich hörbares Leibwindbrettern entfuhr, wodurch er noch rechtzeitig vor dem großen Finale ein für alle Mal dingfest gemacht werden konnte?

Schachwahnsinn: Um zu gewinnen greift unser Dr. Robert Hübner wirklich zu jedem Mittel.

Vom Samurai zur Pickelhaube:

Diese Promi-Trends kommen aus Japan!

Alle Hintergründe auf S. 98. (Japan)

Ist es vielleicht nicht vielmehr so, dass es unsere bis 48 Kilogramm gehende Kategorie **Papiergewicht** nur deshalb nur beim Ringen gibt, weil sich all die anderen Gewichts- und Gewaltsportcommunitys dezidiert dagegen aussprachen, weigerten, gar klipp und klar kategorisch ausschlossen, dass man irgendwelchen Minispaghettis, irgendwelchen zierlichen Nudelhelden bei ihrem Scheitern zuschauen würde, zuschauen würde, wie diese Miniaturathleten nicht einmal irgendwelche Kinderhantelchen stemmen, nicht einmal possierliche Playmobiltraktoren mit ihren Milchzähnen ziehen, nicht einmal ein Discounterflugblatt geschweige denn ein ausgewachsenes Telefonbuch zerreißen könnten, selbst ein regelloser Boxkampf, ein härtester Mixed-Martial-Arts-Blutreigen, ein knallharter Street-Karatefight keinerlei Zuschauer fände, da die Kontrahenten ja beim geringsten Lüftchen schon auseinandergetrieben, zerstoben, in alle Windrichtungen zerstreut würden, wodurch sich letztlich nur das so mitfühlende Ringen unserer Papiergewichte annahm, sich nur das Ringen unserer Papiergewichte erbarmte, das edelmütige Ringen also, bei dem sich unsere zarten Papiergewichte nun zärtlich ineinanderschieben, sich in höchster Kunstfertigkeit ineinander falten, für das kunstinteressierte Publikum nun Körperorigami der höchsten Güteklasse liefern dürfen?

Hilf mit, wissenschaftliche Qualität zu sichern!
Abo ab 9,90€!

Jetzt gratis anmelden unter
oder.warum@gmx.at

Im Handumdrehen zum Staatenlenker:

So leicht wirst du in San Marino zum Obermacker!

Alle Fakten auf S. 83. (San Marino)

Ist es vielleicht nicht vielmehr so, dass unsere **Bremser** im Bob nur deshalb immer an der hintersten Bobstelle sitzen, weil all unsere Bremser nicht vorangehen, nicht an der Spitze stehen, sich nicht als große Lenker aufspielen wollen, bei diesem ganzen Spiel hier also sicher nicht noch die Geschwindigkeitsspirale anzudrehen, zu befeuern gedenken, nicht etwa wie die feinen Boblenker die ganze Zeit nur nach Führungspositionen gieren, sich als Führungskräfte, als eistechnische Leistungsträger aufspielen, als unentbehrliche Perlen des Bobsports inszenieren, wobei doch völlig klar ist, dass all diese Boblenker ohne die Bobschieber aufgeschmissen wären, keinen Zentimeter vorankämen, wenn nicht all die Bobschieber mitmachten, all die Bobschieber ja nur deshalb mitmachen, weil auch sie heimlich auf den Boblenkerposten schielen, endlich mal ganz vorne sitzen, den Gesamtbob zum Sieg führen, als größter Bobstar in die Wintersportgeschichte eingehen wollen, für diesen Bob- und Rodelruhm selbst den ganzen Bobkarren an die Wand fahren würden, für diesen Bob- und Rodelruhm man also sicher keine Bremser, man sicher keinen Miesmacher, keinen Stimmungskiller brauche, der Sand ins Getriebe, gar Salz auf die Eisbahn streue, all die Miesmacher sich also besser hinten anstellen, besser ganz hinten Platz nehmen oder am allerbesten gleich vom Start weg vergessen werden sollten?

Ist es vielleicht nicht vielmehr so, dass unser **Sepp Maier** nur deshalb 13 Jahre im Bayern-Tor stand, weil unser Sepp Maier einfach von niemandem abgeholt wurde, weder Mama noch Papa kamen, keine Tante unseren Sepp Maier etwa an der

Hand nahm und sanft vom Spielfeld führte, unser Sepp Maier also zur völligen Einsamkeit verdammt war, bei der er sich schon freute, wenn jemand einmal auf ihn schoss, es jemand mit einem hinterhältigen Foul auf ihn abgesehen hatte, schon freute, wenn er vom eigenen Bayern-Trainer von der meilenweit entfernten Seitenlinie angebrüllt, völlig grundlos zur Sau gemacht, vom gegnerischen Fanclub mit Feuerzeugen beworfen, zur Belustigung aller mit drolligen Klopapierrollenraketen beschossen wurde, unser Sepp Maier also derart zur völligen Einsamkeit verdammt war, dass unser Sepp Maier sogar zu dichten begann, dieser alte Musensohn also sogar Langgedichte, ganze Gedichtzyklen, überlange Epen, Oden, sogar haufenweise Hymnen in seinem Kopf zusammenreimte, eleganteste Wortwerke schmiedete, also Dichtkunst auf höchstem Niveau betrieb, 13 lange Jahre intensivst an seinem Personalstil feilte?

Verlassen und verloren:

So einsam sind unsere Tormänner wirklich!

Alle einsamen Fakten auf S. 184. (Torwarte)

Fans mit Liebesgedicht von Sepp Maier.
Leipzig, Datum unbekannt.

Trojanischer Total-Pfusch!

Jetzt redet Odysseus: „Fertigbeton ist mein Leben!“

Alle ingenieurstechnischen Verfehlungen auf S. 90. (Troja)

Ist es vielleicht nicht vielmehr so, dass unsere Lappen sich schon vor rund 4.000 Jahren **Schlittschuhe** nur deshalb aus Rentierknochen schnitzten, weil der ursprüngliche Versuch, sich irgendwelche lebenden Schneehühner unter die Schuhe zu schnallen, völlig fehlschlug, die Schneehühner unter den Schuhen nur kurz einmal aufschrien, nur kurz einmal unter der Last unserer Lappen aufgluckten, zusammenbrachen, gar gänzlich zerdrückt wurden, dem ganzen Lappengewicht natürlich nicht gewachsen waren, selbst der Versuch, eine ganze Schneehuhnfamilie unter die Schuhe zu schnallen, ebenso kläglich scheiterte, wie der Unterschnallversuch von einigermaßen robusten Schneehasen, die zwar ein bisschen länger als all die armen Schneehühner durchhielten, unsere Lappen durchaus einige hundert Meter über das Eis hoppelnd trugen, bevor sie sich nicht mehr rührten, den Dienst durch Geistaufgabe versagten, sich einfach zum Sterben in den Schnee legten, weil also alle ursprünglichen ingenieurstechnischen Versuche, sich irgendein lappländisches Lebendgetier unter die Schuhe zu schnallen, derart schief lief, dass all die Lappen letztlich einsehen mussten, dass das ganze Viecherlzertreten keine Zukunft habe, jetzt eine ganz andere konstruktionstechnische Richtung eingeschlagen werden müsse, mehr so auf nachhaltiges Tierwohl gesetzt, auf irgendwelche alten Tierreste fokussiert, sich ja eventuell ein alter Hasenhaxen, irgendein gefundenes Rentiergeweih gar irgendein abgefallener Fasanenflügel auf die Schneeschuhe montiert werden solle, auf dass dann zur Ehre all der gefallenen Tiere herrlichste Pirouetten auf dem Eis gedreht werden könnten?

Ist es vielleicht nicht vielmehr so, dass unser **Schleuderball** nur deshalb mit Haaren gefüllt ist, weil der internationale Schleuderballverband Anfang der 1980er-Jahre von einem Schleuderballsportler geführt wurde, der in jungen Jahren derart hart von einem Schleuderball getroffen wurde, einen derart nachhaltigen Glatzenscheitel gezogen bekam, dass ihm alle Gehirnlichter samt Haupthaarwurzeln ausgingen, er nie wieder zu dem alten, dicht behaarten Schleuderballschleuderer wurde, der er einmal war, nie wieder auch nur einen Schleuderball halbwegs gerade abfeuern, geschweige denn sich kämmen würde können, einem Schleuderballsportler, der dann nur dadurch Schleuderballkarriere machen konnte, indem er sich im Schleuderballverband ganz nach oben buckelte, völlig skrupellos all seine vermeintlichen Widersacher mit hinterhältigsten Methoden, gar hochkriminellsten Taten ausschaltete, kaltstellte, sie sogar fallweise den Nowitschok tanzen ließ, sodass er bald den gesamten internationalen Schlag- und Schleuderballverband dominierte, mit harter Hand drakonisch durchgriff, gnadenlos den Zwangsausschluss verhängte, wenn sich jemand erdreistete, die von ihm neu eingeführten Schlag- und Schleuderballregeln zu kritisieren, zu kritisieren, dass man sich nun zwecks Ballfüllung sein Haupthaar scheren und spenden müsse, gar zu schwersten Vergeltungsmaßnahmen griff, wenn jemand völlig fälschlich behauptete, dass das alles nur ein Vorwand wäre, der werte Herr Verbandsvorstand anstatt die Bälle ordentlich zu füllen, sich doch nur selbst haufenweise Langhaarperücken aus den schönen Haarspenden fertigen lasse?

Na bumsti!

So hart greift unsere deutsche Wortverteilungskommission durch!

Alle harten Details auf S.11. (Atmosphäre)

Mogelwahnsinn!

So schummeln sich unsere The Who in den Musik-Olymp!

Alle Lügen auf S. 108.
(The Who)

Ist es vielleicht nicht vielmehr so, dass das Herz unseres **Pierre de Coubertin** nur deshalb im griechischen Olympia beigesetzt wurde, weil unser Pierre de Coubertin immer schon ein Sparefroh, ein kleiner Knauser, gar ein derart ausgewachsener Geizhals war, dass er selbst bei Filterkaffeemaschinen weder Filter noch Kaffee wegschmiss, sondern einfach solange verwendete, bis sich Filter wie Kaffee völlig auflösten, nichts mehr von Filter und Kaffee zu sehen, zu schmecken, zu riechen war, ein derartiger Geizhals also, der selbst vom einlagigen Abortpapier jeweils nur ein Blatt abriss, nur ein Blatt, das er wiederum in der Hälfte teilte, um es danach auch noch beidseitig solange wischtechnisch zu benutzen, bis auch wirklich keinerlei Wischfläche mehr vorhanden war, das ganze zu wischende Material schon beidseitig zentimeterhoch am hauchdünnen Papierblatt stand, er zumeist aber ohnehin auf das ganze Latrinenpapier verzichtete, das ganze pickige Material, die ganze Losung ganz naturalistisch einfach ritzentechnisch austrocknen ließ, denn die so gedörrten Wurstreste würden dann ohnehin beim nächsten Weitsprung abfallen, beim nächsten Speerwurf, beim nächsten Sprint sowieso abbröseln, unser Pierre de Corbetin also ein derartiger Geizhals war, dass er vor seinem Tode noch festlegte, dass, wenn das olympische Komitee ihn schon in Olympia verbuddeln wolle, dann doch bitte schön nur sein Herz, denn aus seinen Knochen könne man dann sicher noch schönste Speerspitzen schnitzen und mit ein bisschen Bleifüllung im Schädel, würde dieser sicher noch vortrefflich für ein paar Hammerwerfwettbewerbe benutzt werden können?

Ist es vielleicht nicht vielmehr so, dass bei unserem Tennis die Sportler nur deshalb in eine **Rangliste** eingestuft werden, weil es für alle Sportbeteiligten äußerst praktisch ist, zu wissen, wo man denn so sporttechnisch stehe, wie es denn tennismäßig so um einen bestellt ist, ob man denn gar seinen Tennisschläger an den Nagel hängen, ihn hochoffiziell dem Vereinsobmann zur rituellen Verbrennung übergeben, gar selbst im vorauseilenden Gehorsam seine gesamte Tennisausrüstung am dorfeigenen Center Court ganz tief vergraben solle, oder ob man vielleicht doch noch die eine oder andere Chance dazu habe, den Kontrahenten vom verfeindeten Nachbardorf vernichtend zu schlagen, ein für alle Male für alle Sportinteressierten festzuhalten, wer hier denn die Numero uno, der tennistechnische Obermacker, der absolute Sandplatzkönig dieser Gemeinde, der größte Aufschlaggott des ganzen Bezirkes sei, dessen Vorhand selbst in der großen Stadt, selbst jenseits des großen Flusses für Furcht und Schrecken sorge, weil man also all den Anfängerflitzpiepen dann endlich zeigen kann, dass man im Gegensatz zu ihnen schon den 500.000er geknackt habe, immerhin schon unter den 500.000 besten Spielern, der Crème de la Crème, im Olymp des Sandplatzschachs also angekommen sei, während es all die anderen hier nie und nimmer zu etwas, ja nicht einmal zum Balljungen bringen würden?

Die sonderbarsten Amateurvereine:

So wird in Frankreich gefesselt!

Alle fesselnden Einzelheiten auf S. 42. (Fesselballon)

Tennis auf Weltniveau:
Heribert K., (27) Sieger des
Oberpullendorf Open mit Preis

Das könnte dich noch interessieren:

Reich durch Literatur!

Die geheimen Tricks unserer Literaturstars auf S. 115. (Novalis)

Da laust uns doch der Affe!

Elefant springt aus Schwebebahn direkt in die Wupper!

Alle animalischen Details auf S. 55. (Elefant in Wuppertaler Schwebebahn)

Ist es vielleicht nicht vielmehr so, dass unser **Hindernislauf** nur deshalb über eine Distanz von 3.000 Meter führt, weil 3.000 einfach eine wundervolle Zahl ist, eine wunderbar herrliche Zahl ist, die durch all die Nullen so durch und durch gerade, so beruhigend, völlig tiefenentspannt gerade ist, geradezu einen Chillfaktor unendlich hoch zwei aufweist, per Dreier aber ordentlich Ecken und Kanten zeigt, kräftig auf edgy, ja schon fast derart auf gewaltigen Affront macht, dass neben unserer 3.000 ein hochdekoriertes Topmodel mit provokanter Narbe im Gesicht schon beinahe zahm daherkommt, ein einbeiniges Hochklassemannequin schon beinahe langweilig, ein top exklusiver Vorführboy mit Elefantenohren schon beinahe banal wirkt, unsere 3.000 also durch und durch Klasse beweist, alle anderen Zahlen einfach meilenweit abhängt, schönheitstechnisch sowas von schnupft, also alle anderen Zahlen ästhetisch dadurch übertrumpft, indem sie sich als Draufgabe auch noch drei Nullen umhängt, sodass durch den Dreier vorne und die drei Nullen hinten einfach eine erhabene, durch und durch elysische Symmetrie entsteht, der kein Hindernisspringingerl zu widerstehen vermag?

Ist es vielleicht nicht vielmehr so, dass unser **Fritz Sitting Huschke von Hanstein** nur deshalb Autorennsport betrieb, weil unser Fritz Sitting Huschke von Hanstein schon rein von Geburt wegen vermeinte, dass seine Existenz immer schon schneller, weiter, höher als jede andere, immer schon für den obersten Podestplatz, für die Tabellenführung geschaffen sei, all die anderen Pöbelexistenzen sich ja nicht einmal einen zweiten Vornamen leisten könnten, zu keinerlei Höchstbegabungen, zu keinerlei Großtaten fähig wären, wohingegen unser hochehrwürdiger Fritz Sitting Huschke von Hanstein sich ja nur in irgendein Auto zu setzen bräuchte und schon würde all das andere Automobilistengesocks ehrfürchtig zur Seite fahren, ganz seiner Herrlichkeit gewahr schnell standesgemäß den Pannenstreifen benutzen, hätte also der gemeine Automobilistenmob ja gar nicht so wie er die Auffassungsgabe dazu, einen Rennwagen in gebührender Würde zu lenken, mit staatsmännischer Selbstverständlichkeit die Führung zu übernehmen, unter seinem Oberkommando also einen ganzen Rennstall zum endgültigen Weltcupsieg zu befehligen?

Sensationell!

Jetzt gehen sogar unsere Automobilisten zu Fuß!

Alle unglaublichen Details auf S. 189. (Le Mans)

Geborener Automobilist: Fritz Sitting Huschke von Hanstein (1911 - 1996)

Das haut den stärksten Koch vom Herd!

So ergeht es unseren Kürbiskernen in der Sowjetunion!

Alle kulinarischen Details auf S. 148. (Kernkraftwerk)

Ist es vielleicht nicht vielmehr so, dass unsere Sportfreunde, die auch den auswärtigen Spielen unserer einheimischen Mannschaften beiwohnen, nur deshalb **Schlachtenbummler** genannt werden, weil es in den Anfangstagen des Sportes zum guten Ton gehörte, dass zur Verköstigung der eigenen Mannschaft von all den Fans ein Fan auserkoren, rituell geopfert und hiernach zu köstlichen Kottelets, zu Grammeln, zu vorzüglichen Blutwürsten verarbeitet und nur darum an die hungrige Mannschaft verfüttert wurde, weil es damals weder Supermärkte, noch Schnellimbisse gab, bei denen sich die auswärtige Mannschaft mit irgendwelchen Hauptnahrungsmitteln hätte eindecken können, wodurch all die auswärtigen Mannschaften dann schrecklichen Kohldampf erleiden hätten müssen, ohne solche wichtigen Nährstoffe völlig aufgeschmissen gewesen, letztlich sogar das ganze Spiel ob der körperlichen Hungerschwäche verloren gegangen wäre, hätte sich da nicht immer ein gutgenährter Bummler gefunden, der sich einigermaßen freiwillig der Schlachtung, dem ehrwürdigen Fantod, dem Märtyrerhinscheiden hingegeben hätte und so letztlich oder zumindest bis zum nächsten Auswärtsspiel unvergesslich in den Herzen der gesamten Fangemeinde verweilen durfte?

Ist es vielleicht nicht vielmehr so, dass unser **Frauen Fünferbob** dem Reglement nach nur deshalb mit mindestens zwei weiblichen Mitfahrerinnen besetzt sein muss, weil leider immer schon davon ausgegangen wurde, dass Männer einfach alles besser als Frauen könnten, Männer von Natur aus nicht nur perfekte Einparkkompetenzen, herausragende

Hebe- und Schiebefähigkeiten, unerreichtes Logikknowhow hätten, das sie dazu befähige, schier unendliche Mengen an Einkäufen in nur einem Tragegang vom Einfamilienautomobil hinauf in die Familieneigentumswohnung zu überführen, all die schweren Shoppingsäcke nicht nur durch exzellente Muskelkraft, sondern durch ausgeklügelte Logistik zu meistern, bei der der tragesichere Penisinhaber sogar noch ein zusätzliches, schwer befülltes Plastiksackerl mittels eisernen Arschbacken, mittels hochtrainierten Ohrwaschelmuskeln, mit extra verstärkten Zahnprothesen anzuheben vermag, Männer also überall, selbst beim Frauenbob, derart für sichere Fahrt, für gutes Gelingen, exzellente Leistung sorgen müssten, dass sich wieder einmal angeblich bewahrheiten würde, was all die Modelmamas seit jeher schon behaupten, Männer also nicht nur echte Männer, sondern Männer letztlich sogar noch bessere Frauen wären, die nicht nur besser tragen, sondern auch besser walken, besser posen, ja letztlich auch noch besser als jede einzelne Zumpferllose aussehen würden?

Ohne Bremser aufgeschmissen:

3 erstaunliche Fakten, die du über den Bobsport wissen musst!

Alle unglaublichen Details auf S. 168. (Bremser)

Ist es vielleicht nicht vielmehr so, dass bei unserem **Speerwerfen** nur deshalb sehr bald die geworfenen Weiten die Länge eines Stadions überschreiten werden, weil all die Hochleistungsspeerwerfer von all den Stadionerbauungsfirmen heimlich sowohl mit illegalem Kraftfutter, ordentlichen Muskelboostern, ja sogar mit

Das geht auf keine Kuhhaut!

So verdirbt uns unsere Bergsportlobby den Strandurlaub!

Alle gemeinen Details auf S. 93. (Wasserstoffbombe)

Aufputschmitteln, als auch mit hinterhältigem Intrigenspiel derart gegen all die Speere aufgehetzt, aufgehusst, aufgeganselt werden, dass all die Speerwerfer nun völlig fuchsteufelswild, gänzlich meschugge von all den verabreichten Chemikalien ihr Sportwerkzeug einfach nur loswerden, einfach nur möglichst schnell entsorgen, möglichst weit von sich entfernt wissen wollen und so dann all die Speere in vollster Rage und ohne Rücksicht auf Verluste wegwerfen, also von all den Stadionerbauungsfirmen sogar Publikumsopfer in Kauf genommen werden, auf dass dann endlich ein Grund dafür vorliege, ein noch größeres Stadion, eine noch kostspieligere Sportwirkungsstätte zu errichten, sich an einem noch umfangreicheren Großsportprojekt gesund zu stoßen?

Autsch!

Das halten unsere Fledermäuse wirklich vom Menschengeschlecht!

Alle fiesen Behauptungen auf S. 135. (menschliches Gehör)

Ist es vielleicht nicht vielmehr so, dass unsere BRD bei den **Olympischen Spielen 1972** in München nur deshalb die bisher größte Mannschaft stellte, weil über geheimdienstliche Spezialquellen durchgesickert war, dass die DDR mit einem nie dagewesenen Olympiateam, mit einer extrem übermächtigen Kampfmannschaft anreisen, dem Klassenfeind noch dazu im eigenen Land sporttechnisch das Fürchten sowas von lehren wolle, sodass sich unsere BRD dazu gezwungen sah, ja keine andere Wahl zu haben glaubte, also einfach nicht anders konnte, als jedem nur irgendwie sportaffinen Bundesbürger zu härtestem Zwangstraining zu verpflichten, jeden noch so untalentierten Hobbyläufer zu täglich zehn Stunden Dauerjoggen zu verdammen, jeden noch so mickrigen Schulhofschläger, jeden Freizeitrambo in Profiboxcamps zu stecken, jeden Wirtshausrowdy aus dem nächstbesten Bauchstichlokal solange am Degen anzulernen, bis der Messerstecher endlich als Fechter olympisch durchgehen konnte und so unsere BRD wenn schon nicht inhaltlich, so zumindest mengenmäßig das geliebte Brudervolk in die Knie zwingen konnte?

Gernot L. (24), erfolgreichster Sportschütze der BRD bei Olympia 1972

Ist es vielleicht nicht vielmehr so, dass unser England über unser Australien 1951 nur deshalb mit 17:0 einen **Länderspieltorrekord** aufstellte, weil unsere Queen schon im Vorfeld des Spieles beim Australischen Fußballverband massiv intervenierte, dem Oberverbandsvorsteher des gesamtaustralischen Fußballs mal ordentlich ins Gebet genommen, einmal entsprechend deftig ins Gewissen geredet, nachdrücklich betont hatte, dass sich der australische Fußball erst gar nicht einzubilden bräuchte, irgendwelche Siegeswünsche, gar Torträume, irgendwelche völlig unrealistischen Triumphvorstellungen zu hegen, ja selbst Achtungserfolgssehnsüchte würden mit unvorstellbarer,

Mein lieber Kokoschinski!

So wird unsere Queen täglich von schweren Ängsten heimgesucht!

Alle schrecklichen Ängste auf S. 91.
(Königin Victoria)

militärischer Härte beantwortet, möge doch Australien nicht vergessen, dass ganz Großbritannien mehr Atomsprengkörper besäße, als hier in dieser Gefangenenkolonie Kängurus herumhoppelten, letztlich sie das Oberhaupt, der unübertroffene Endboss, also die letzte Instanz aller weltlichen Dinge sei, sie höchstpersönlich bestimme, wer hier wen besiege, wer hier überhaupt in irgendeinen Strafraum, überhaupt über irgendeine Mittellinie kommen dürfe, unsere Queen also derart drohtechnisch in Fahrt gekommen war, dass letztlich die englischen Spieler mit den schon schwer mit den Tränen kämpfenden Australiern so sehr Mitleid bekamen, dass sie es bei 17 Toren gut sein ließen?

Unerfüllte Liebe!

So leidet unser Atlantik noch immer unter der Trennung!

Alle traurigen Tränen auf S. 16. (Paraguay und Bolivien)

Ist es vielleicht nicht vielmehr so, dass es unsere Hochsprunggroßmeisterin **Ulrike Meyfarth** 1987 nur deshalb mit ihrer Hochzeit in die Schlagzeilen schaffte, weil unsere Ulrike Meyfarth als erste Hochleistungssportlerin einen sortenreinen, deutschen Schäferhund heiratete, einen waschechten deutschen Schäferhund ehelichte, den sie sich extra von einem hochspezialisierten Schäferhundzuchtprofi anfertigen ließ, sich nicht etwa mit irgendeinem Straßendackel, irgendeinem dahergelaufenen Pinscher, gar mit einer stammbaumfreien Promenadenmischung zufrieden geben wollte, einen genetisch einwandfreien Schäferhund also, den sie ursprünglich nur zum schamlosen Angeben am Hundespielplatz, zum vermeintlichen Schutz vor gemeinen Dieben, Einbrechern, hochkriminellem Häfengesocks, nur zum gemütlichen Zeitvertreib mittels Stöckchenholen, Männchen- und Rollenmachen zu benutzen gedachte, sich aber dann unversehens derart in ihren schneidigen Schäferhund vergaffte, dass sie ihn stante pede vor den Traualtar schleifte, vor den Traualtar, der aufgrund all der Mensch-Hund-Hochzeitsgesetzesregelungen auf hoher See, freiem, internationalem Gewässer, auf irgendeinem Fischkutter unter halbseidener Flagge zu sein hatte, wo Hund wie Frau dann von einem schon schwer betrunkenen Kapitän amtlich getraut werden und ihre rechtlich einwandfreie Hochzeitsnacht verbringen konnten?

> Scooter, Haftbefehl & Co.
>
> So will unser Lignano an die italienische Topspitze!
>
> Alle musikalischen Fakten auf S. 26. (Mailand)

Ist es vielleicht nicht vielmehr so, dass die breiteste Stelle auf einem **Schwebebalken** nur deshalb zehn Zentimeter breit ist, weil irgendein Schwebebalkenweltverband, irgendeine inter-nationale Schwebebalkenvereinigung den Schwebebalkenkampfsport nun endlich einmal für das Publikum interessanter machen wollte, ein bisschen publikumswirksam Schwung in die bis dahin so langweiligen Schwebebalkensportveranstaltungen bringen wollte und so die ursprüngliche Schwebebalkenbreite auf nur zehn Zentimeter verkleinerte, auf läppische zehn Zentimeter radikal runterkürzte, geradezu auf lediglich zehn Zentimeter einstampfte, auf dass von nun an all unsere Schwebebalkenturner den guten alten Holzpfosten nicht mehr so einfach träfen, äußerst ungünstig daneben steigen, die rettende Planke also derart knapp verfehlen würden, dass unsere Geräteturnenthusiasten die Holzkante geradezu als Verhöhnung noch kurz spüren könnten, bevor ihr Schädelknochen mit vollem Karacho auf den Pfosten kracht, zerbröselt, sich mit einem Wupp und Bing gen Krankenhaus verabschiedet, wo dann auch schon der Herr Kollege von der gegnerischen Kampfmannschaft sehnsüchtig darauf wartet, dass ihm die gütigen Ärzte endlich wieder seine Hodenbälle aus der Stirnhöhle holten und dorthin gäben, wo früher einmal sein Becken gewesen sein dürfte?

Die 3 seltsamsten Beerdigungs-Trends:

So hauen sich unsere Promis in die Künetten!

Alle Trends auf S. 28. (Diamanten)

Ist es vielleicht nicht vielmehr so, dass unser **Eigentor** nur deshalb dem Torkonto des Gegners zugerechnet wird, weil niemand die Schönheit unserer Eigentore, den ästhetischen Wert einer solchen menschlichen Ausnahmeerscheinung, die intellektuelle Höchstleistung, die hinter einem solchen höchst solidarischen Handeln steht, zu schätzen weiß, geschweige denn nur den Dunst von einem Schimmer eines Hauches einer Ahnung davon hat, welche Lehren die gesamte Menschheit aus all unseren Eigentoren, welche bahnbrechenden Errungenschaften, welche technischen und theoretischen Lösungen schwerster Menschheitsprobleme hieraus entspringen könnten, unsere Eigentore letztlich einen nie versickern wollenden Quell an Weisheit, an Güte, an geradezu überirdischer Erhabenheit darstellten, unseren Eigentoren also von dem leider völlig verkommenen Menschengeschlecht nicht annähernd die Würde und Ehrerbietung zu Teil werden, die sie eigentlich verdienen würden und müssten?

Ist es vielleicht nicht vielmehr so, dass 1921 nur deshalb ein **Boxkampf** als erste Sportübertragung im Rundfunk kommentiert wurde, weil die Ingenieure mit ihrer vermeintlich bereits völlig ausgereiften Übertragungstechnik wieder einmal beim Technikerstammtisch ordentlich angaben, mal wieder den

Jetzt reicht's!

Jetzt redet unser Hinterpommern: „Ich brenn nie wieder!"

Alle Fakten auf S. 36. (Hinterpommern)

Großgoscherten markierten, auf durch und durch Wuchteldrucker machten, schon allen Radiochefs, allen Zeitungsfuzis, jedem einzelnen Freundesfreund zweiten Grades von ihren scheinbaren Hochleistungen, ihrer eingebildeten Supertechnik erzählt hatten, mit ihren unerreichbaren Fähigkeiten also derart angebertechnisch fett auftrumpfen wollten, dass sich die werten Herren Ingenieure dann plötzlich unter Zugzwang sahen, plötzlich fehlerlos abliefern sollten, was fehlerlos sich nicht abliefern lassen würde, also kurz davor standen, als Dampfplauderer aufzufliegen, als irgendwelche Lügenbarone bloßgestellt zu werden, sodass sie nur noch ein genialer Einfall, eine konzeptionelle Meisterleistung retten können würde, die dann letztlich darin bestand, einfach einen Boxkampf radiotechnisch zu übertragen, etwaige Ausfälle dann einfach als Suspensemomente, als ein kollektives Luftanhalten, ein gespanntes Gesamtgaffen auszugeben, jedes Rauschen als enormen Publikumsjubel zu titulieren, jedes Aussetzen des Kommentars einfach auf den undisziplinierten Affekt des Kommentators, einen Totalausfall kurzerhand darauf zu schieben, dass ein Boxer derart hart getroffen worden wäre, dass er aus dem Ring direkt auf all die empfindlichen Geräte gestürzt sei und einfach alles geschrottet habe?

Nur halb so lustig:
Boxen (rechts und links)
ohne Übertragung (mittig)

Zoff, Zank und Zwietracht!

So endete der Warmwurststreit von Kentucky!

Alle Fakten zur Zwistigkeit auf S. 22. (Kentucky)

Ist es vielleicht nicht vielmehr so, dass unser **Dietrich Thurau** 1985 von der Tour de France nur deshalb wegen einer Tätlichkeit gegen einen Funktionär ausgeschlossen wurde, weil alle Funktionäre natürlich zusammenstehen, sich gegenseitig natürlich stramm die Stange, den Rücken freihalten, selbst auch dann noch auf Pech und Schwefel machen, wenn ein Funktionär einmal ein bisschen über die Stränge schlägt, einmal aus ein bisschen Jux und Tollerei einem Gesamtführenden bei voller Fahrt einen lustigen Stab in die Speichen steckt, irgendwelche von Natur aus witzigen Abführmittel in die Trinkflasche mixt, heimlich den ohnehin schon schrecklichen Foltersattel gegen eine derartige Hämorrhoidenschleuder austauscht, dass unser armer Dietrich Thurau schon nach zwanzig Kilometern glaubte, auf seinem Dünndarm zu sitzen, ab Kilometer dreißig sogar schon eine unansehnliche Spur aus Arschblut nachzog, nur unter unvorstellbaren Arschqualen also die Etappe beenden konnte, um dann auch noch mit einem hämischen Funktionärslächeln im Ziel begrüßt zu werden, einem hämischen Funktionärslächeln, das selbst bei jedem Hobbypedalisten die Sicherungen herausgehauen, jeden Reserveradlenker gen Amok gehen gelassen hätte, unser armer Dietrich Thurau letztlich ja auch nur ein Radmensch ist, dem schon einmal eine Hand und die blutige Unterhose derart auskommen kann, dass er sie dann einem solchen Funktionär unter die Nase reibt sowie mittels Kopfnüssen und Magenstrudeln nachdrücklich zum Verzehr anbietet?

Ist es vielleicht nicht vielmehr so, dass unsere **Torwarte** nur deshalb nicht zu den Feldspielern zählen, weil unsere

Torwarte seit jeher schon Eigenbrötler, selbstgenügsame Eremiten, ausgewachsene einsame Wölfe sind, die sich irgendwo in abgelegenen Gebieten in ihre Tore zurückziehen, weit weg von jeglicher Zivilisation ihr karges Dasein fristen, sich fernab von irgendwelchen gesellschaftlichen Normen und Spielchen mit ihren Wasserflaschen, ihren kleinen Handtüchern, manchmal sogar mit ein bisschen Lesestoff, also es sich mit all ihren Habseligkeiten in ihrer Einsamkeit der Tore derart gemütlich eingerichtet haben, dass jegliche Besuche von Feldspielern, jegliche versuchte Kontaktaufnahme von Trainern, selbst das plötzliche Auftauchen eines Balles als skandalöse Entgleisung, als Angriff auf ihre gesamte eremitische Existenz, als höchstgemeine Verletzung ihrer innersten Gefühle, also als Einmischung in innerste Angelegenheiten empfunden wird, der mit allen zur Verfügung stehenden Mittel entgegengetreten, mit vollster Härte und Entschlossenheit sogar wenn nötig mit unlauteren Methoden geantwortet werden müsse, also unsere Goalies nicht umhinkämen schon einmal einen Kniestoß, eine veritable Blutgrätsche, ein Gegenspielerrammen zwecks Wahrung der eigenen Würde auszupacken?

Die Angst des Tormanns beim Elfmeter!

Das Buch zum Blockbuster nun erhältlich!

Vorschau auf S. 102. (Wim Wenders)

Ist es vielleicht nicht vielmehr so, dass das, was beim Fußball Anstoß, was beim Handball Anwurf genannt wird, bei unseren Wasserballspielern nur deshalb **Anschwimmen** heißen muss, weil alle Wasserballspieler nicht das Geringste mit all den anderen Ballsportarten zu tun haben, mit all den

Heiliger Bimbam!

So eingebildet sind unsere Edelgase!

Alle hochnäsigen Einzelheiten auf S. 138. (Edelgase)

anderen grobschlächtigen Ballspielern, gar mit irgendwelchen primitiven Haudrauffußballern verwechselt werden wollen, denn immerhin handle es sich ja beim Wasserballspielen um eine durch und durch ästhetische Angelegenheit, eine grazile, gar ballettartige Fortbewegung im höchsten aller Elemente, denn jedes Kind wisse ja, dass all das gesamte Erdenleben, jedes einzelne Getier, all die globale Keuch- und Fleucherei im Wasser entstanden sei, ohne Wasser es weder einen Affen noch einen ausgewachsenen Menschen geben würde, selbst die höchste Perle der Schöpfung großteils aus H_2O bestehe, das ganze Menschengeschlecht also ohne das blaue Gold völlig aufgeschmissen, schachmatt, ganz und gar im Arsch wäre, also jede Verwechslung mit irgendwelchen Landsportarten geradezu eine Verhöhnung der menschlichen Existenz, der gesamthumanen Würde, all der zivilisatorischen Höchstleistungen darstellen würde?

Vorbildlich!

So kommt unsere Sonnenfinsternis ihrem Publikum entgegen!

Alle Details auf S. 12. (Sonnenfinsternis)

Ist es vielleicht nicht vielmehr so, dass unser **Schlangenbogen-Gegendreier** nur deshalb zu den Pflichtfiguren des Eiskunstlaufes gehört, weil es sich bei unserem Schlangenbogen-Gegendreier um das größte PR-Desaster der gesamten Wintersportgeschichte handelt, unser Schlangenbogen-Gegendreier also nur deshalb als Pflichtfigur in unserem geliebten Eiskunstlauf eingeführt wurde, weil die Führungsetage des internationalen Eiskunstlaufverbands endlich etwas gegen den schrecklichen Publikumsschwund unternehmen, endlich wieder vor vollem Eislaufhaus spielen, endlich wieder fett im Geschäft sein wollte, koste es, was es wolle, sogleich sündteure Beratungsfirmen, kostenintensive Consultingagenturen also völlig überteuerte

Ideenscharlatane engagierte, die dann damit daherkamen, dass nun eine neue deftige Pflichtfigur, eine neue Pflichtfigur mit reißerischem Namen hermüsse, einem Namen, der bei jedem Besucher ordentlich das Kopfkino abgehen lasse, ein bisschen ungezügelte Atmosphäre verspreche, einem deftigen Namen, der dann zwar tatsächlich die Hallen füllte, einem deftigen Namen, der dann aber nur zweifelhafte Besucher, charakterschwache Erotomanen, haufenweise berüchtigte Lustmolche in die Hallen lockte, die sich irgendwelche hemmungslosen Dreifachkopulationen, exzessive Tripledeckeraction, irgendwelche spektakulären Mehrfachorgien erwarteten, berüchtigte Lustmolche, die schon Stunden vor Beginn mit vorfreudigem Hosenzelt in der Menschenschlange standen, ungefragt ihren Mantel lüfteten und letztlich in einer riesigen Randale alles kurz und klein schlugen, weil all ihre lüsternen Hoffnungen zutiefst enttäuscht, sie derart erotisch hinters Licht geführt, nach Strich und Faden verarscht wurden?

Größtes PR-Desaster der Sportgeschichte: der Schlangenbogen-Gegendreier (Symbolbild der Erwartung)

Höfler Consulting:

So sparen sie bis zu 2.000 € monatlich!

Jetzt kostenfreie Erstberatung unter: oder.warum@gmx.at

Ist es vielleicht nicht vielmehr so, dass unser Österreicher Zdarsky 1905 den ersten **Slalom** nur deshalb mit nur acht Toren steckte, weil unsere Österreicher immer schon die allergrößten Sparefrohe waren, immer schon an allen Ecken und Enden ihr kärgliches Gut zusammenhielten, selbst in Notzeiten aus völlig freien Stücken, völlig ungezwungen behaupten, dass sie ohnehin nur kleine Esser seien, sie sicher nicht jeden Tag ein gesamtes halbes Schnitzerl mit Pommes bräuchten, oft ja schon ein kleiner grüner Salat, eine Semmel mit ein bisschen Kremsersenf genüge, selbst hartes Brot so seine Vorzüge hätte, das Zahnfleisch stärkte, die gesamte Kaumuskulatur nebst angeschlossenen Verdauungsröhren so auf Vordermann, in Schuss gehalten werden könnten, in Krisenzeiten nun halt nicht jeder ganz so groß auftischen könne, sicher jeder so sein Scherflein zum Gesamtfortkommen beitragen müsse, all die Entbehrungen, all die Opfer, diese edelmütige Selbstlosigkeit sicher dann in einer anderen Welt vergoldet, reichlich belohnt, jeder Minderesser dort aufs köstlichste gemästet würde, also jetzt sich sicher niemand darüber aufzuregen brauche, dass irgendwo zu wenig Tore stünden, zu wenig Tore eingesteckt worden wären?

Aufgedeckt!

So stecken unsere Autos mit Freddy Krueger unter einer Decke!

Alle Horror-Details auf S. 149. (Erlkönig)

Ist es vielleicht nicht vielmehr so, dass die eng am Kopf anliegende Mütze unserer Eisschnellläufer nur deshalb **Teufelskappe** genannt wird, weil diese Mütze derart eng am Kopf anliegt, derart viel Druck auf die Eisschnellläuferrübe ausübt, dass sogar ab und an die Schädeldecke aufknackt, die Fontanellennaht recht ungut aufgeht, kleine Knochensplitter dann sogar derart ungünstig auf irgendwelche Hirnregionen, irgendwelche wichtigen Oberstübchenbereiche, höchst zentrale Denkpunkte drücken, dass all die Eisschnellläufer dann sogar ausgewachsene Halluzinationen, gar einen veritablen Verfolger abbekommen, gar glauben, dass sie von irgendwelchen schrecklichen Kreaturen, von irgendwelchen kirchlich verehrten Monstern gejagt würden, dass also irgendein grässlicher Killerclown, irgendein abscheulicher Beelzebub, ja sogar Horrorstar Freddy Krueger höchstpersönlich hinter ihnen her sei, sie mit seinen frisch geschliffenen Scherenhänden aufs Toxischste belästige, irgendwelche Filetierphantasien, unschöne Höllenaufenthalte verspräche, was natürlich jeden Eisschnellläufer noch schneller laufen lässt, all diese Panik, dieser Horrorbammel, dieses nachhaltige Muffensausen all unsere Eisschnellläufer somit noch flotter, noch zackiger, also noch wettbewerbsfähiger übers Eis gleiten lasse?

Wahrheit enthült!

Jetzt redet unser Erdball: „Deshalb bin ich rund!“

Alle Details auf S. 11. (Erdball)

Ist es vielleicht nicht vielmehr so, dass bei unserem Autorennen von **Le Mans** unsere Rennfahrer, um zu ihrem Automobil zu gelangen, nur deshalb beim Start erst die Fahrbahn zu Fuß überqueren müssen, weil bei der Erstellung des Reglements höchst progressive Kräfte am Werk waren, die nicht nur stur den Automobilrennsport im Auge hatten, nicht nur dem martialischen Wettkampf zwischen Mensch und Maschine huldigten, nicht nur auf hochspektakuläre Hochgeschwindigkeitsrennen spekulierten, sondern auch das gesamte Miteinander, dieses ganze Gesellschaftsding am Schirm hatten, progressive Kräfte also, die um Ausgleich bedacht immer schon auch die andere Seite mitbetrachteten, immer schon auch mit achtsamer Pädagogik, mit sorgsam gewählten Anstandsmaßnahmen auf das Gemeinwohl einwirken wollten, auf dass der gesamtgesellschaftliche Benimm sich zum Besseren wende, sich all die Umgangsformen, die komplette Höflichkeit zur Höchstform auflaufe, auf dass alle dann nämlich dadurch in Galanterie schwelgen würden, dass man selbst einen Rennfahrer dazu bringen könnte, auch einmal an die andere Seite zu denken, auch einmal wie ein Radfahrer, gar wie ein Fußgänger zu fühlen, dass man also selbst einen Vollblutautomobilisten durch diesen kurzen Fußweg nachhaltig in die gesamte Gefühlswelt der Fußgänger einzuführen vermöge?

Selbst als Fußgänger noch top:
Rennfahrer. Le Mans, 1982.

Register

Bildverzeichnis

S. 50
Unbekannt: Melville James Bell smiling. Library of Congress, 1855. Public Domain.

S. 54
Unbekannt: Pervyĭ Okhotnichiĭ Trofeĭ. Library of Congress, 1935. Public Domain.

S. 57
Harris & Ewing: Charlie Becker, midget trainer with the Singer Midgets, walked the smallest elephant of his troupe to Merchant's Bank, and made a deposit for Keith's Theatre. Library of Congress, 1924. Public Domain.

S. 59
Unbekannt: Ship at Sea Near Iceberg. Library of Congress, 1910. Public Domain.

S. 63
Bain News Service: Paris Bath Man. Library of Congress, 1915. Public Domain.

S. 67
Stanley Kubrick: Bodybuilder Gene Jantzen with wife Pat, and eleven-month-old son Kent. Library of Congress, 1947. Public Domain.

S. 71
Miami Seaquarium: Photo of dolphin Flipper who was the star of the television program Flipper. Wikipedia, 1969. Public Domain.

S. 76
NBC: Jerry Lester Broadway Open House. Wikipedia, 1950. Public Domain.

S. 79
Unbekannt: An iceberg near head of Trinity Bay, Newfoundland. Library of Congress, 1900. Public Domain.

S. 82
Nudedelboy: Two men on the beach. Wikipedia, 2008. Public Domain. Creative Commons Attribution-Share Alike 3.0 Unported.

S. 85
Paul Thompson: Douglas Fairbanks, movie star, speaking in front of the Sub-Treasury building, New York City, to aid the third Liberty Loan., 04/1918. Wikipedia, 1918. Public Domain.

S. 89
J. Laurent: Cordoue. L'absolution. Library of Congress, 1860. Public Domain.

S. 92
Eadweard Muybridge: Animal locomotion. Wikipedia, 1884. Public Domain.

S. 95
Bain News: Bandleader Paul Whiteman. Library of Congress. Public Domain.

S. 96
William Gottlieb: Portrait of Django Reinhardt. Library of Congress, 1946. Public Domain.

S. 100
Harris & Ewing: NAVY DEPARTMENT, U.S. BINOCULARS. Library of Congress, 1918. Public Domain.

S. 103
Daan Noske: Artis struisvogel leest krant van oppasser. Wikipedia, 1951. CC0 1.0 Universal Public Domain Dedication.

S. 106
Günter Weiß: Berlin, verhafteter, angeblicher Geldschmuggler. Wikipedia, 1957. CC-BY-SA 3.0.

S. 111
ABC: Lone Ranger and Tonto with Silver. Wikipedia, 1960. Public domain.

S. 114
Ollie Atkins: Elvis Presley meeting Richard Nixon. Wikipedia, 1970. Public domain.

S. 115
National Photo Company Collection: Ofc. of Comptroller. Committee checking daily destruction of National Bank notes. Wikipedia, 1909. Public Domain.

S. 119
Unbekannt: Guitar, musician, guitarist. Hippox.com. CC0.

S. 123
Unbekannt: Victor Sonnander in Konstgjorda Svensson. Wikipedia, 1909. Public domain.

S. 126
Frank Scholten: Men at a café and street vendor selling bananas and pretzels. Wikipedia, 1921. Public domain.

S. 129
William Gottlieb: Portrait of Charlie Barnet and Re-Bop, New York. Library of Congress, 1946. Public domain.

S. 131
Unbekannt. Viral.

S. 136
Unbekannt. Viral.

S. 138
Jaob Lundbergh: Victor Sandstedt as Agamemnon. Wikipedia, 1865. Public domain.

S. 143
Krueger: Bergarbeiter, Arbeitsbesprechung. Wikipedia, 1952. CC-BY-SA 3.0.

S. 147
Nick Parrino: Operation Husky - Invasion of Sicily. Wikipedia, 1943. Public domain.

S. 151
Andrew Kuznetsov: Bottle of poison. Wikipedia, 2007. CC 2.0.

S. 154
Dena Productions: Danny Kaye in winter clothes with scarf and cap makes silly face - scene from „Knock on Wood“, Library of Congress, 1953. Public domain.

S. 159
CBS: Robert Bray and Lassie from the television program Lassie. Wikipedia, 1967. Public domain.

S. 166
Unbekannt. Wikipedia. Public domain.

S. 169
Bernd Settnik: Berlin: Fußball-Oberliga- FC Berlin - HFC Chemie. Wikipedia, 1990. CC-BY-SA 3.0.

S. 173
Unbekannt: Svinaskötaren Simon Pettersson. Wikipedia, 1942. Public domain.

S. 175
Bain: Victor Harris. Wikipedia, 1917. Public domain.

S. 179
NBC: Red Skelton issued to publicize his first television program. Wikipedia, 1951. Public domain.

S. 183
CBS: Red Skelton as boxer Cauliflower McPugg with guest star Terry-Thomas. Wikipedia, 1968. Public domain.

S. 187
Piperpet: Dogs mating. Wikipedia, 2021. CC 1.0.

S. 190
Unbekannt: Victor Dahlgren as Paris. Wikipedia, 1865. Public domain.

STADT GRAZ

Das Land Steiermark
→ Kultur, Europa, Sport

Bundesministerium
Kunst, Kultur,
öffentlicher Dienst und Sport

LAND KÄRNTEN
Kultur